学 海 书 香

卢宝山　赵　燕　著

中国海洋大学出版社

· 青岛 ·

图书在版编目（CIP）数据

学海书香 / 卢宝山，赵燕著. —青岛：中国海洋大学出版社，2021.6
ISBN 978-7-5670-2810-4

Ⅰ.①学… Ⅱ.①卢… ②赵… Ⅲ.①故事—作品集—中国—当代 Ⅳ.①I247.81

中国版本图书馆CIP数据核字（2021）第072987号

XUEHAISHUXIANG

学海书香

出版发行	中国海洋大学出版社
社　　址	青岛市香港东路23号　　邮政编码　266071
网　　址	http：//pub.ouc.edu.cn
出 版 人	杨立敏
责任编辑	张　华
电　　话	0532-85902342
电子信箱	zhanghua@ouc-press.com
印　　制	青岛国彩印刷股份有限公司
版　　次	2021 年 6 月第 1 版
印　　次	2021 年 6 月第 1 次印刷
成品尺寸	170 mm × 230 mm
印　　张	9.5
字　　数	167 千
印　　数	1 ~ 1000
定　　价	48.00 元
订购电话	0532-82032573（传真）

发现印装质量问题，请致电0532-58700166，由印刷厂负责调换。

前言

　　开卷有益。英国著名的哲学家培根在《随笔录·论读书》中说，读史使人明智，读诗使人聪慧，演算使人精密，哲理使人深刻，伦理学使人有修养，逻辑修辞使人善辩。总之，知识能塑造人的性格。人生的开场与结束都是声声啼哭，过程却是大相径庭。在"吾生也有涯，而知也无涯"的生命历程里追求通透、自主的人生，尽一切可能把握人生的方向，这是我们一生的事业。这事业至伟、至高，一个人的力量实在过于单薄，幸而有书籍为伴，给我们提供所需的支持和陪伴，自大时给我们警醒，低沉时给我们激励；蹒跚时扶我们以拐杖，奔跑时予我们以能量。

　　阅读是一种习惯，在阅读习惯的影响下，我们遭遇不一样的人生。我们可以在他人的故事里流着自己的眼泪，体会上至王侯将相、下至贫民乞丐的不同人生。我们与孔子探讨"知其不可而为之"的大无畏的生命意义，与庄子分享"抟扶摇而上者九万里"的逍遥自在，与诗人体会风花雪月的美好与无奈，与理学家争辩人间正道之所在，与韩信讨论功名路上的进退盈亏，向郭子仪请教富贵身退的人生智慧。当然，我们最不能忘记的是司马迁"欲以究天人之际，通古今之变，成一家之言"的悲壮精神和史学功绩。

　　宋真宗赵恒曾写道："书中自有黄金屋，书中自有颜如玉。"当我们倾尽所有却得不到他人的真心，庄子的《逍遥游》告诉我们："举世誉之而不加劝，举世非之而不加沮，定乎内外之分，辩乎荣辱之境，斯已矣。"当我们出现沟通的困境，《论语》告诉我们："中人以上，可以语上也；中人以下，不可以语上也。"当我们沉迷于物质追求时，北宋的张载告诉我们，人生的追求还可以更高、更远，那就是"为天地立心，为生民立命，为往圣继绝学，为万世开太平"。虽不能至，心向往之。

当身体蒙尘，我们都知道要快快洗澡，否则轻则惹人厌烦，重则疾病缠身。我们的精神难道就不会蒙尘吗？当然会。因此，我们的精神也需要时时洗涤，恰如北宗禅创始人神秀所言："时时勤拂拭，莫使惹尘埃。"精神洗涤的方法有很多，旅游、冥想、运动，都是不错的选择，而读书，尤其是读历史，是其中最重要且有效的方法。

有人说过，感恩是极有教养的产物，你不可能从一般人身上得到，忘记或不会感谢乃是人的天性。既然如此，那就让我们做一个懂得感恩的人，感谢书籍的陪伴，感谢知识的馈赠，感谢书中的知音，让我们在俗世中洗去尘埃，偶见生命的荣光。

生命有限，知识无涯，在阅读的路上，我们的生命异彩纷呈。

卢宝山 赵 燕

2021年1月25日于青岛

目 录

成语故事中的美男子

对仪表美的追求，我们从未停止。本文从成语故事中找到五位美男子并介绍给大家，从中我们可能会获得"美"与"丑"的启迪。

一、宋玉

宋玉是战国末期的辞赋家，通音律，善文章，为伟大的爱国诗人屈原的弟子，与屈原一样有一腔报国热忱，却只能寄情辞赋，沉吟一生。因为宋玉外貌俊美、才华出众，楚大夫登徒子便在楚王面前诋毁宋玉。楚王以登徒子之言质问宋玉。宋玉否认，但楚王不信："你这么帅气，怎么会没有好色之事？"宋玉自证清白：楚国一位有倾国之色的美人儿就住在他家东邻，长得很是美丽，"增之一分则太长，减之一分则太短，著粉则太白，施朱则太赤。眉如翠羽，肌如白雪，腰如束素，齿如含贝，嫣然一笑，惑阳城，迷下蔡"。可就是这样一个美女，每每登墙偷窥，表达对宋玉的好感，宋玉却从未有过逾矩的行为。这个故事真是有趣，好色与否从来与外在无关，心地澄明，岂有逾矩之行？

宋玉在朝廷中正道直行，有些人不喜欢他，总是在楚王面前诋毁他。三人成虎，楚王认为宋玉的品行一定有问题，否则怎么会有那么多人说他的坏话呢？面对国君的质问，宋玉依然沉稳淡然。高处不胜寒，井底之蛙难以与语天之广大，"下里巴人"岂可与言"阳春白雪"的风情？

二、潘安

潘安，西晋著名的文学家，其《秋兴赋》《闲居赋》文字优美，感情充沛，乃当世之文章巅峰。其妻去世后所写《悼亡诗》，情真意切："如彼翰林鸟，双栖一朝只。如彼游川鱼，比目中路析。"伉俪情深，非同寻常。潘安被誉为"古代第一美男"，刘义庆《世说新语·容止》："潘岳妙有姿容，好神情。少时挟弹出洛阳道，妇人遇者，莫不连手共萦之。"他出行时，妇女们又是堵塞出行道路，又是送花送果，对潘安的狂热比之今人追星也毫不逊色。

如果在今天，潘安一定是受世人瞩目的明星。若潘安生活在大唐盛世，可能也会受到唐太宗的接见，"步辇降迎""御手调羹"也未可知。但潘安生活在中国历史上政权更迭极度频繁、权力对人性极度掌控的西晋时期，"何不食肉糜"的晋惠帝形同虚设，皇后贾南风阴狠善妒，"八司马之乱"让西晋政权风雨飘摇。潘安在这样的大环境中也失去了文人应有的操守，趋附外戚权贵贾谧。

美貌如潘安也终于落得个诛灭三族的下场，不知他在临终之时是否会如秦朝丞相李斯一样追忆逐兔东门的往事，是否会如名士陆机一样怀念华亭鹤唳的年华？

三、何晏

何晏是三国时期的玄学家，主张"圣人无情"，认为圣人内心可以完全不受外物影响，与夏侯玄、王弼等倡导玄学，开魏晋谈玄之风。何晏认为："服五石散，非唯治病，亦觉神明开朗。"（《世说新语·言语》）引领了当时服用五石散的风潮。作为玄学大师的何晏本应该清静无为、淡泊名利，他却非常真实地向我们展示了一个人是完全可以一面谈天说地、神情高远，另一面又追名逐利、沉迷世俗。

何晏皮肤很好，时人称其为"傅粉何郎"。《世说新语·容止》记载何晏："何平叔美姿仪，面至白。魏明帝疑其傅粉，正夏月，与热汤饼。既唉，大汗出，以朱衣自拭，色转皎然。"何晏的姿仪应该是遗传自母亲。何晏生父早逝，他的母亲尹氏被曹操看中，可见何晏之母定是很美。

何晏因受曹操喜爱，娶其女金乡公主为妻，却与公主感情一般。魏文帝曹丕和明帝曹叡都对他评价颇低，只授予他冗官之职。后来曹叡年幼的儿子曹芳继位，大将军曹爽与太尉司马懿辅政。何晏因为一向与曹爽交好，所以进入权力中心。为官期间，亲近者升官进职，违拗者罢黜斥退，违规枉法，中饱私囊，很多官员敢怒不敢言。权力之争从来没有绝对的赢家，在曹爽和司马懿的争斗中，曹爽一开始春风得意，后来司马懿发动高平陵之变挟持皇帝并以谋逆罪将曹爽等诛灭三族。何晏竟然在曹爽失败之后，投奔司马懿集团，帮助司马懿搜集曹爽集团的罪证，但最终被司马懿"卸磨杀驴"，在何晏收集完所有证据后，将之一同诛杀。

四、卫玠

卫玠是晋朝时著名的玄学家，言谈清朗，也是有名的美男子。南朝梁刘孝标注《世说新语》引《玠别传》说卫玠："龆龀时，乘白羊车于洛阳市上，咸曰：'谁家璧人？'"《晋书》记载卫玠，总角乘羊车入市，见者皆以为玉人，观之者倾都。骠骑将军王济是卫玠的舅舅，俊爽有风姿，每见卫玠，总是感叹说："珠玉在侧，觉我形秽。"卫玠绝美，每每出城总能让交通阻塞、万人空巷。

卫玠无法逃脱为美所累、为才所累的命运。卫玠初到京师洛阳，众人皆欲一睹其风采。权倾一时的大将军王敦以及西晋名士谢鲲与之彻夜长谈。终于，我们的"璧人"卫玠无法承受京师人的热情，一病不起，时人谓之"看杀卫玠"，死时年仅二十七岁。

五、嵇康

嵇康是"竹林七贤"的领袖人物，是三国时曹魏著名的思想家、音乐家、文学家、画家、书法家，其博学多才、风神潇洒，为时人所钦佩。南朝宋文学家刘义庆在《世说新语》中描述嵇康："身长七尺八寸，风姿特秀。见者叹曰：'萧萧肃肃，爽朗清举。'或云：'肃肃如松下风，高而徐引。'"有樵夫在山中偶遇嵇康，惊为仙人下凡。嵇康不喜仕途，喜欢与向秀在大树下锻铁。在火花四溅中，嵇康的阳刚之美定格在西晋史册中。嵇康之美，不仅仅是面相之美，更是气度之美、灵魂之美。

嵇康追慕老庄，主张"越名教而任自然""审贵贱而通物情"，与阮籍等竹林名士共同倡导玄学之风。同样是倡导玄学，嵇康与何晏不同的是，他不仅倡导老庄的避世自然之风，也身体力行。嵇康讲求养生服食之道，向往古代隐士的生活，曾与当时著名的隐士孙登和王烈交往。隐士们折服于他的风神，却也对他刚正不阿的性格表示极大的担忧。嵇康拒绝与当权的司马氏集团合作，当老朋友山涛推荐他出任尚书吏部郎时，嵇康义愤填膺，写了激情澎湃的《与山巨源绝交书》，列举自己的"七不堪""二不可"，申述自己不能融于世俗的情怀，埋怨作为朋友的山涛对自己的不知之举，从中流露出对当政者的不合作态度，从而深深刺痛了当权的司马氏集团。嵇康也最终被司马昭及其党羽构陷，身陷囹圄。当时三千太学生共同声援嵇康，希望朝廷能够释放嵇康并让其担任太学里的老师，这更加深了司马氏集团的恐惧，也加速了嵇康生命的终结。嵇康善琴曲，《广陵散》尤绝。在刽子手行刑前，嵇康仍索琴而弹之，琴声悠扬，闻者动情，却也从此成为绝响。

《晋书》记载，嵇康临终安排后事，将一双儿女托付给了自己曾经主动绝交的山涛，并对他的儿子嵇绍说："巨源在，汝不孤矣。"曾经大张旗鼓地与山涛绝交，临终却将作为生命延续的儿女托付给他，难道是嵇康糊涂了？还是没有其他人可以托付？都不是，嵇康可以临终畅弹一曲广陵绝响，他不糊涂。嵇康也还有自己的亲哥哥嵇喜以及其他友人，之所以托孤于山涛，因为嵇康知道山涛懂得他作为一个父亲的心愿，这心愿恰如苏轼所言："惟愿我儿愚且鲁，无灾无难到公卿。"嵇绍不孤单，他有山涛的呵护；嵇康也不孤独，千载而下犹有知音存焉。

困境中的选择

据《左传》记载，一代雄主郑庄公去世以后，郑国逐渐衰落，沦为晋国和楚国争霸的墙头草，"朝秦暮楚"的城下之盟一年之中总要签订几次。郑国的衰落源自内部权力的纷争。郑庄公去世后，在郑国掌权的是大夫祭仲。宋庄公挟持祭仲帮助郑庄公的第二个儿子姬突篡夺了郑昭公姬忽的君位。无利不起早，宋庄公这么做当然是为了自身的利益。他派宋国主要家族、姬突岳父家成员雍纠前往郑国。雍纠就是宋国在郑国的代理人以及宋国利益的保障者。宋庄公为了保障自己的利益万无一失，还要祭仲把女儿嫁给雍纠，使姬突、祭仲、雍纠三人结成利益共同体。

但是，祭仲在郑国的专权让做国君的姬突心有芥蒂，于是他与雍纠密谋打算除掉祭仲。计划定好后，各自回家准备。可能雍纠回到家以后，神情与往常不同，被妻子追问原因，结果雍纠的嘴不严实，也可能是为了讨好妻子，就将谋杀祭仲的计划跟妻子合盘说出了。不知道说出秘密的雍纠内心是否安稳，但是听到秘密的雍纠妻不淡定了，因为自己的夫君竟然要与国君一起来谋害自己的父亲。这可如何是好？是帮助夫君保守秘密，还是将秘密告诉父亲好呢？雍纠妻打算回娘家问问母亲。雍纠妻先向母亲抛出这样一个她自以为很聪明的问题："父与夫孰亲？"雍纠的岳母回答，成为你丈夫的人有很多，但父亲只有一个，自然是父亲更重要。于是雍纠妻就将夫君谋害父亲的计策告诉了母亲，将与自己做了四年夫妻的雍纠送上了断头台。事情败落后，郑厉公姬突恨恨地说："谋及妇人，宜其死也。"

总有人喜欢将脏水泼向女人，"红颜祸水"的思想根深蒂固。郑厉公与雍纠谋划的失败固然是因为雍纠妻子的告密，但如果雍纠一开始就能坚定地保守秘密，后来的妇人泄密之事也就不存在了。美国前总统罗斯福供职于美国海军时，他的一位朋友向他打听美国海军建设潜艇基地的事，罗斯福没有正面回答，而是轻声问他的朋友："你能保守秘密吗？"朋友很坚定地回答："能，当然能！我一定会守口如瓶！"罗斯福微笑着说："那么，我也能，我也能守口如瓶。"如果，连自己都难以守住秘密，又怎么能确定他人可以保守呢？

据《史记》记载，颇有雄才大略的晋献公晚年好美色，宠幸蛇蝎心肠的美女骊姬。结果骊姬作乱，太子申生被迫自杀，公子重耳和夷吾出逃。在流亡的途中，重耳备尝艰辛，被当作政治假想敌从而成为被刺杀的对象，吃不上饭是经常的事情。介子推"割股啖君"，乞食于野人，被回以土块。终于来到齐桓公当政的齐国，尽管此时的齐国已经不复管仲时期的强大，不能帮助重耳返回晋国，但重耳还是受到了温暖的接待。齐桓公还把同宗族的一个少女齐姜嫁给了重耳。知天命的重耳在齐国过上了幸福的生活。

五年的幸福生活一晃而过，齐桓公去世，诸公子为争夺君位大打出手，齐国内乱。重耳的富贵不仅仅是他一个人的富贵，当年追随他出逃的一干贤才良将，自然不能满足于小富即安的状态。他们无时无刻不在考虑回到晋国，拿回属于自己的荣华富贵。眼见重耳如此虚度光阴，于是赵衰、狐偃等躲开众人，在一棵桑树下商量如何离开齐国的事情。可是，他们的保密工作做得实在是不好。就在他们商量事情的桑树附近竟然有一位婢女因为采桑叶"被迫"听到了他们的计划。婢女得到这个天大的消息，满心激动地跑去自己的主人齐姜那里邀功请赏。胸怀大志的齐姜也劝谏重耳离开齐国，为返回晋国的事业努力拼搏。重耳竟然说："人生安乐，孰知其他！必死于此，不能去。"眼见"主角不想登场"，齐姜与重耳的追随者设计，由齐姜将重耳灌醉，赵衰、狐偃等趁重耳大醉之际将他带出齐国，逼他走上回归晋国的路途。重耳醒来，极为恼怒，却也无可奈何，历尽颠沛，终于登上晋国国君之位，成为一代霸主。

一个成功的男人背后一定有一位不同凡响的女人，此话用在齐姜身上恰到好处。面对婢女告知的关乎自己丈夫去与留的秘密，齐姜毫不迟疑，处理得干净利索。在权力场中长大的女人好像更懂得取舍的原则和标准。

重耳被手下骗出齐国以后，只能继续流亡。他先后来到了曹、宋、郑、楚等国。在曹国，他遭受了被曹共公偷窥的羞辱，尽管"大绅士"宋襄公想帮助重耳回国，无奈有心无力、自身难保；郑文公也不愿意搭理一个落难的公子；楚成王倒是一代豪杰，对重耳一行礼遇有加。楚成王追问重耳日后将如何报答自己对他的礼遇时，重耳不卑不亢地回答，如果两国交战晋国将"退避三舍"。重耳在楚国待了一段时间，忽然有一天接到了秦穆公的邀请，秦穆公在历史上也算是一位仁善的君主了，三立晋君，一位是言而无信的晋惠公，一位是不懂感恩的晋怀公，现在他又要帮助重耳返回晋国了。重耳一行来到秦国，受到秦穆公热情的招待，一下子将自己宗室的五个女子嫁给了重耳，其中包括怀嬴在内，而怀嬴就是下一个秘密故事的主角。

说起怀嬴不得不提晋怀公，当晋怀公还是太子圉的时候，因为自己父亲晋惠公的种种不妥举动，引起秦穆公的愤怒，秦晋之间发动战争，战争的结果自然是不占理的晋国失败了。在这种情况下，十岁的太子圉就被作为人质派往了秦国。可能是因为"秦晋之好"的缘故，也可能与秦穆公的宽宏大量有关，太子圉在秦国的日子应该过得不错，秦穆公还把自己的女儿也就是后来的怀嬴嫁给了他。日子一天天过去，做了六年人质的太子圉突然有一天听到了父亲病重的消息，害怕本该属于自己的君主之位被别人抢了去，就想逃回晋国。于是，他对自己年轻的妻子怀嬴说："我已经离开晋国好多年了，父子之间的情谊也生分了很多，国内也没有多少了解我、支持我的大臣。鸟飞返乡，狐死首丘，我想回到晋国去。你愿意与我一起逃走吗？"太子圉大概是做人质做太久而失去了正常的判断力，秦穆公把自己的女儿嫁给了你，难道是希望你留在秦国当一辈子人质吗？你也不想想你父亲的君主之位不也是人家秦穆公帮忙得到的吗？帮了你父亲，就不能帮你吗？况且你还是人家的女婿，自己一个人傻傻地跑掉，就不想想秦穆公的感受吗？就不想想失去了秦国的支持，即使当上晋国国君，能够长久吗？一个犯傻的人是很难醒悟的，看到执意要走的太子圉，怀嬴回答："您是晋国的太子，却受困于秦国。现在您终于可以回去了，这不是很好吗？我们国君派我来侍奉您，是希望把您留在这里，现在您想回去，是我无能。我不能跟您回晋国，因为那样做就是背弃了国君的使命。但也请您相信我，我绝对不会将您的谋划泄露出去。您走吧！我不会背叛对您的承诺，也不会背叛国君的使命。"

这个怀嬴真不是一般的女子，有思想、有原则、有担当，一边是夫君的理想，一边是父王的使命，怀嬴以其聪慧，四两拨千斤，坚守了自己的为人原则。也正是这位怀嬴，再嫁重耳之后，有一次因为重耳的一个不太礼貌的洗手动作而红颜怒目："秦晋匹也，何以卑我？"吓得重耳又是请罪又是赔礼，真不愧是"赳赳老秦"人的女儿啊！

权力场中总不缺乏秘密，也从不缺乏血腥。三国时第二任君主吴少帝孙亮，幼年登基，连续遭遇权臣专政，先是诸葛恪独断专行。后来孙亮借助孙峻的力量铲除诸葛恪的势力。令人意想不到的是，赶走了虎却引来了狼，孙峻的专断有过之而无不及。孙峻病死之后，孙吴政权依然没有回到孙亮手中，而是过渡到孙峻的堂弟孙綝手中。孙綝嗜杀戮，陈寿和司马光对他的评价都是："负贵倨傲，多行无礼。"于是孙亮与孙綝之间的矛盾日益突出。据《资治通鉴》记载，孙亮忍无可忍，与全公主孙鲁班及将军刘丞谋诛孙綝，孙亮皇后的弟弟全纪也参与其中。孙亮知道全尚的妻子是也就是全纪的母亲是孙綝的堂姐，害怕谋划有所泄露，于是对全纪说："你将这件事情以我的名义告诉你的父亲，但千万不要告诉你的母亲，女人本来也不懂国家大事，她是孙綝堂姐，万一事情泄露，那就害了我了。"全纪按照孙亮的要求把谋划之事告诉了父亲全尚，可能忘记叮嘱自己的父亲此事不能被母亲知道，也可能是叮嘱了，可是全尚的心太大，竟然就将这件事告诉了自己的老婆。结果她直接将秘密告诉了孙綝。孙綝有权有势，先下手为强，抓了全尚，杀了刘承，废了孙亮。全纪也因为做事有愧而自杀。

人总有多重身份，在这多重身份中，我们更看重哪个？人生路上总有鱼和熊掌的抉择，取舍之间，世易时移。那个身为孙綝堂姐、全尚妻子、全纪母亲的女人在告发老公和儿子参与其中的秘密的时候，是否已经预料到了后来的结果？还是她只是懵懂地认为自己的堂弟如果被杀太过于残忍，只是出于本能地想要帮助弱势的一方？如果让她站在丈夫和儿子的尸体旁边重新选择，她又能否做出无悔的选择？

据说古希腊有个叫弥达斯的国王因为得罪了阿波罗，不幸长出了一对驴耳朵。这件怪事只有国王和他的理发师知道，但是国王早就警告过理发师，如果将自己的秘密传播出去只有死路一条。理发师保守着一个天大的秘密，却无法与他人分享，感到度日如年，日夜煎熬。为了不让自己疯掉，他离开城市跑到乡下偏僻的地方挖了一个坑。对着坑口，他大声喊道："国王弥达斯长着一对灰色的毛茸茸的驴耳朵！"喊完之后，他非常轻松地回家去了。可是，不久这个坑上长出了一簇芦苇，芦苇随风摆动。仔细倾听，你就会听到它们的细语："国王弥达斯长着一对灰色的毛茸茸的驴耳朵。"结果弥达斯国王的秘密再也不是秘密了。这个寓言故事告诉我们，保守秘密真的是一件很难很痛苦的事情，可是如果这个秘密人命关天，保守秘密有人死，告发秘密有人亡，而且这些人都是我们生命中很重要的人，我们能够做出正确的选择吗？

贤妻的智慧

　　古希腊哲学家苏格拉底说过，无论如何都要结婚，如果你娶到一个好妻子，你会很幸福；如果你娶到一个糟糕的妻子，你会成为哲学家。苏格拉底就这样幸运地成为西方伟大的哲学家。犹太人是世界上唯一没有文盲的民族，也被认为是最聪明的民族，他们信仰着这样一句格言："如女儿嫁学者，变卖全部家当也值得；如娶学者女儿为妻，付出所有财产在所不惜。"中国有句老话："一代无好妻，三代无好子。"一个好女人能幸福三代人，一个坏女人则能毁掉三代人。

　　孟姜女哭长城的故事，中国人耳熟能详。但这个故事的传播过程也是一个原型故事不断被添枝加叶、偷梁换柱的过程。一开始是春秋时代的杞梁妻因为丈夫战死于一场统治者的侵略战争而哭泣，到西汉演绎为杞梁妻强烈地反对战争的悲哭以致悲痛欲绝、城墙为之崩塌；到了唐代又引入了爱情的因素，而杞梁妻哭倒的不再是城墙，而是著名的长城；明代时杞梁妻竟然变成了"孟姜女"，杞梁也变成了"万喜梁"（或范喜梁），同时又加了诸如招亲、伉俪情深、千里送衣等老百姓喜闻乐见的故事情节，创造出全新的"孟姜女哭长城"的传奇故事，至于原来历史上那个有礼有节的杞梁妻反而被遗忘了。

　　据《左传》记载，杞梁作为齐国的将士，在齐国奇袭莒国的战争中战死。后来，齐国和莒国订立盟约讲和，齐庄公带兵归国，齐国百姓于道路旁迎接。齐庄公在临淄城的郊外遇到了神情哀伤的杞梁妻，想到杞梁在战争中英勇的表现，齐庄公派人前去凭吊杞梁，慰问杞梁妻。杞梁妻并没有因为国君的身份而无视当时的礼法制度，根据当时的规定，古人吊唁死者，需要在死者的灵堂前进行，家属哭于堂前，吊唁者跪拜行礼，身份低贱或者有罪之人才要在郊外吊唁。为此，杞梁妻拒绝了齐庄公的"特殊礼遇"，并表示：如果夫君没有罪过，没有侮辱君命，就应该得到合礼的对待，像国君您这样随意的吊唁实在难以接受。对于杞梁妻的知礼，孟子高度评价："杞梁之妻善哭其夫而变国俗。"曾子也曾说过"杞梁之妻之知礼也"的话。面对有礼有节的杞梁妻，齐庄公意识到了自己的错误，后来亲自到杞梁家中吊唁，并把杞梁安葬在齐都郊外。杞梁妻的做法不仅维护了丈夫的尊严，避免了国君的错误，也反映出她的知书达理和不为权势折腰的巾帼气概。这与后世有些人的奴颜媚骨，面对权贵的毫无原则形成了鲜明的对比。

西汉刘向认为这个故事不过瘾，在《列女传》中提到，杞梁妻因为丈夫为国捐躯、无父无子、无所归依，于是在丈夫的尸体旁痛哭，结果路人为之悲戚，城墙为之崩塌。杞梁妻埋葬自己的丈夫后，为保贞节，投水自尽。这种烈女的形象在汉代以后非常有"市场"，所以刘向才有了这种附会。

据《左传》记载，公元前548年，还是这位被杞梁妻含蓄批评的齐庄公因私通大臣崔杼的妻子棠姜被崔杼所杀，这就是历史上有名的"崔杼弑其君"。面对此情此景，晏婴勇敢地立于崔氏之门外，有人问："你打算为国君殉难吗？"晏婴说："国君难道是我自己一个人的国君吗？"对方又问："你打算逃跑吗？"晏婴说："这是我的罪过吗？我为什么要逃跑？如果君主为社稷而死，做臣子的就应该一同去死；如果君主为社稷而逃亡，那么做臣子的就应该一同去逃亡；如果君主为了一己私利而死，不是他身边的近臣为什么要一同赴死呢？"晏婴进入崔杼家，为齐庄公尽哀而去。对于晏子的聪明智慧，我们都不陌生，"使狗国者，从狗门入；今臣使楚，不当从此门入"，"橘生淮南则为橘，生于淮北则为枳"，"二桃杀三士"，"踊贵屦贱"，等等，《晏子春秋》就是一部智慧之书。

如此智慧的人，自然不是一个人在战斗，他的身边应该有一批智慧之士。《晏子春秋》记载，晏子做齐相时，有一次外出，车夫的妻子从自家门缝观察自己的丈夫。当这位妻子看到自己的丈夫因身为国相的车夫，因驾着高头大马而面露洋洋得意之状时，心中非常沮丧和气愤。当这个车夫回到家中，等待他的不是往日里嘘寒问暖而是坚决要离他而去的妻子。他非常诧异，忙问何故。这位智慧的妻子说："晏子身高不满六尺，身居相国高位，名声显扬诸侯。今天我观察他外出的样子依然志念深沉，时时谦虚谨慎，好似不如他人。而你却空有八尺的身高，做晏子的仆卿也就罢了，但你目空一切，骄傲自得，所以我要离开你。"

晏婴的车夫听了妻子的教诲，深刻反省，明白自己确实做得欠妥，于是改变了自己以前的做法，踏实做事，本分做人。晏婴觉得这个人前后差距很大，就问他因何改变。车夫毫不避讳地将事情的本末告诉了晏婴。智慧的晏婴欣赏车夫妻子的远见，也赞许车夫勇于认错、敢于改错的品行，于是提拔这个车夫做了齐国朝廷的大夫。老话常说："家有贤妻，胜过良田万顷。""家有贤妻，助夫一半。""家有贤妻，夫不遭横祸。"此言不虚啊！有人说，世界上最厉害的风是"枕边风"，如果真是这样，有一位贤妻在身边不断地吹着贤德的风该是一件多么幸运的事情啊！

东汉时宋弘面对光武帝将公主下嫁于他的诱惑，曾直言："臣闻贫贱之交不可忘，糟糠之妻不下堂。"宋弘之所以被歌颂，因为这种品德太高尚了，常人真的很难企及。妻子的智慧和贤德谁人识得，谁人幸福！

自汉武帝推行"罢黜百家，独尊儒术"的主张之后，中国人对于"仁义孝悌"的追求更加执着，社会上涌现出一批倡导儒家精神、践行儒家思想的知识分子。男子崇尚风骨，女子也不甘落后，《后汉书》记载了河南乐羊子之妻的故事。乐羊子曾经在路上拾得一块金子，他兴冲冲地回家交给妻子。结果，妻子问明金子的来源，不仅没有与乐羊子一同兴奋，反而批评乐羊子："妾闻志士不饮'盗泉'之水，廉者不受嗟来之食，况拾遗求利，以污其行乎！"听了妻子高洁如日月的话语，乐羊子非常惭愧，在妻子面前简直无地自容，于是把捡到的金子扔到了野外，辞别妻子外出拜师学习。

拾金不昧一直是社会所倡导的，有人可能会认为，东西是捡到的，又不是偷来的、抢来的，为什么不能归自己所有？我们尚且不去换位思考、同情失主的遭遇，单单从捡到者的思绪出发推理一下，捡到的东西就可以据为己有，一种不劳而获的思想会不会生根发芽？守株待兔的思想会不会妨碍一个人奋发向上？乐羊子大概是明白了此中的道理，于是出发求学。

一年以后，乐羊子回到自己的家中，妻子恭敬地问他中断学业回家的原因，乐羊子很随意地说没有什么，就是想家了。一年出门在外，想念家中的母亲和妻子也是很正常的事情，但妻子一手拿剪刀、一手拉着丈夫来到自己的织机旁边，告诉乐羊子："此织生自蚕茧，成于机杼。一丝而累，以至于寸，累寸不已，遂成丈匹。今若断斯织也，则捐失成功，稽废时日。夫子积学，当'日知其所亡'，以就懿德；若中道而归，何异断斯织乎？"没有一分一秒、每日每夜的劳作，如何能由寸到丈乃至成匹？同样，如果没有日积月累、长年累月地学习，如何可以超越自我、成圣成贤？乐羊子感念妻子的话语，认同了妻子的智慧，游学七年，学成乃归。

每一个成功的男人背后都有一个了不起的女人。乐羊子妻很清楚自己要的是什么，她不要丈夫的甜蜜陪伴，要的是丈夫的功成名就，所以她采用恰当的方式激励自己的丈夫不断向预设的目标前进。乐羊子妻是很有智慧的，不似有些人在夫妻关系中定位很模糊：既要对方的时时陪伴，又要对方的辉煌成就；既要入得厨房，又要出得厅堂。要占尽天下好事，如何可得？

这就不得不提"举案齐眉"的经典故事。故事的男主角是梁鸿，女主角是孟光，他们之间的反差非常大：男主家境贫寒，女主家庭富裕；男主帅气英俊，女主面丑体壮；男主是众星捧月，多家女儿欲嫁之；女主是门庭冷落，年至三十尚无婚配。尽管有种种看似不可逾越的差距，但有一点他们是相同的，那就是对未来的一致性追求。他们都经历了西汉末年的战乱纷争，养成了淡泊名利、甘于清贫的品格，拥有了唯德是娶（嫁）的正确的择偶观。"娶妻娶德不娶色，交友交心不交财。"嫁夫何尝不是如此？尽管孟光已经年近三十，却不将就，坚持要嫁梁鸿一样的德才兼备的男子；尽管那么多有权有势、有才有貌的女子钟情于梁鸿，但梁鸿选择了可以与之藏于田野过清苦生活的孟光为妻。

孟光是智慧的，也是幸运的，她清楚地知道自己想嫁什么样的人，并且幸运地遇到了自己想嫁的人，也幸运地嫁给了想娶自己的人。孟光是想明白了，所以婚后卸下金银首饰，换上粗布衣服，成为一名乡间隐者的妻子。她不仅无怨无悔，可能还欢欣雀跃，因为这本身就是她所追求的生活：她喜欢一种平淡的生活，夫妻相守，日出而作，日落而息，她不是乐羊子的妻子，她不要自己的丈夫在功名路上不懈追求。所以，尽管自己的丈夫只是为地主耕作的人，孟光却每天将饭菜做好，将食案举至眉间位置送给自己的丈夫享用。孟光这么做是心甘情愿的，尊重自己选择的爱人并没有错吧。一个丈夫能够让自己的妻子如此心甘情愿地尊重自己是不是很难？一个妻子可以如此地尊重自己的丈夫是不是一件很幸福的事情？

相敬如宾、举案齐眉是夫妻关系最高的追求，一个值得尊重，一个懂得尊重，幸福的日子绵延流长；一个任意妄为，一个骄纵任性，唇枪舌剑，互不相让，哪里还有夫妻的样子？尊重是幸福婚姻的基础，孟光懂得，我们呢？

西汉末东汉初，经历了王莽篡汉风云而隐逸的除了梁鸿、孟光夫妇，还有王霸夫妇。《后汉书·列女传》记载："霸少立高节，光武时，连征不仕。妻亦美志行。"王霸夫妇的关系与梁鸿夫妇的关系非常相似，夫义妇贞，夫唱妇随，志同道合，伉俪情深。隐居多年以后，曾经的老乡兼好友令狐子伯来看望王霸，令狐子伯现在高居"楚相"之位，其子也已据总揽众务、职统诸曹、握群吏升迁黜免之权的"功曹"之位。朋友父子轩车驷马，服饰雍容，举止气派，王霸的儿子正耕于田野，闻有客至，弃耕而归，看到客人之后，自惭形秽，沮丧之情不能自抑。王霸看到这一切，非常惭愧，觉得自己只考虑到自己的志向，而没有尽到父亲的责任，因而愧对儿子，不觉自责至深。当妻子明白刚才发生的一切时，她说道："君少修清节，不顾荣禄。今子伯之贵孰与君之高？奈何忌宿志而惭儿女子乎！"鱼和熊掌从来不可兼得，"子伯之贵"与"夫君之高"，各遂其志、各取所长，何能以己之所短权他人之所长？王霸听了笑曰："有是哉！"王霸之妻的见识和智慧恐怕不在王霸之下吧！

　　人是群居的动物，需要交流和沟通，需要陪伴和支持，与智慧的妻子相伴实乃人生幸事！

微微一笑很倾城

西汉李延年唱出"北方有佳人，绝世而独立。一顾倾人城，再顾倾人国。宁不知倾城与倾国，佳人难再得"，引得雄才大略、拥有佳丽三千的汉武帝魂追梦萦，也引得后世女子为倾城倾国做着不懈的努力，男子为倾城倾国一再折腰。

国人眼中的倾城倾国应该都是微笑的，不笑的美人总让人遗憾。周幽王尽管专宠于美女褒姒，为她又是废后又是废太子，但褒姒的不笑总让周幽王心有不甘。于是，周幽王费尽心机，倾一国之物力换美人之一笑，烽火一燃，美人一笑，烽火再燃，美人再笑。笑着的美人自然更美，也更让周幽王动心，然而这种美、这种动心，所付出的代价实在太大。周幽王对于引褒姒一笑的执着让我们看到了人们对于"微微一笑很倾城"的向往。

中国最古老的诗歌总集《诗经》，描写嫁给卫庄公做夫人的齐国美女庄姜"手如柔荑，肤如凝脂，领如蝤蛴，齿如瓠犀，螓首蛾眉，巧笑倩兮，美目盼兮"，前五句采用白描的手法刻画了庄姜的静态美，后两句画龙点睛，让美人不仅笑意盈盈，而且顾盼神飞，一下子活色生香了起来。

中国著名的美男子宋玉在《登徒子好色赋》中描写了一个长得恰到好处的美女——"东家之子"："增之一分则太长，减之一分则太短；著粉则太白，施朱则太赤；眉如翠羽，肌如白雪；腰如束素，齿如含贝；嫣然一笑，惑阳城，迷下蔡。"宋玉继承了《诗经》描写美女的手法，先静态描写东家之子的高矮胖瘦、眉眼肌肤，后动态描写东家之子的"嫣然一笑"，倾城又倾国。不笑如何美丽？

"诗仙"李白奉唐明皇之命赞美杨贵妃的《清平调》有句："名花倾国两相欢，长得君王带笑看。"然而杨玉环为何能够让君王长久地"带笑看"呢？我想白居易给了我们答案："回眸一笑百媚生，六宫粉黛无颜色。"

那么堪称古代文人典范的苏轼呢？他仅仅因为一个女子周边环境的优美雅致和她欢快清爽的笑声就忘情地驻足墙外，《蝶恋花·春景》：

花褪残红青杏小。燕子飞时，绿水人家绕。枝上柳绵吹又少。天涯何处无芳草！　　墙里秋千墙外道。墙外行人，墙里佳人笑。笑渐不闻声渐悄。多情却被无情恼。

而爱国诗人辛弃疾要"寻他千百度"的人儿又如何呢？"蛾儿雪柳黄金缕。笑语盈盈暗香去。众里寻他千百度，蓦然回首，那人却在，灯火阑珊处。"不是笑语盈盈如何引起诗人的注意，如何温暖诗人被世俗伤害的心灵？

清代大文豪曹雪芹笔下的林黛玉是这样的："两弯似蹙非蹙罥烟眉，一双似喜非喜含情目。态生两靥之愁，娇袭一身之病。泪光点点，娇喘微微。娴静似娇花照水，行动如弱柳扶风。心较比干多一窍，病如西子胜三分。"林黛玉的今生是来还泪的，是注定要哭的，其双目一定是"非喜"的，但生命的绽放总要在"非喜"中渗透一丝"似喜"的笑意，这才是完整的生命：悲剧的底色上有顽强的微笑待放。

当下很流行一句话："爱笑的姑娘运气不会差。""微微一笑很倾城"，没有这微微一笑，如何给这个世界以温暖的关怀呢？

很多外交家和企业家都非常重视微笑在国际交往和经济活动中的作用，将之视为第一交际语言。周恩来总理就是世界闻名的擅长"微笑外交"的典范，而且周总理身边的工作人员也擅长运用微笑解决工作中的问题。一位总理身边的工作人员曾回忆说："记得周总理说，到我这里来，在我这个办公室，你什么都可以说，但是你出去了可是不行，出去你就要守口如瓶，你不能随便讲活，因为你是领导办公室的人。""因此，我出门参加会议、时刻牢记'守口如瓶'，可是你也不能总板着个脸，像吓唬人一样，多不好，就只好笑笑，所以，别人都说，怎么周总理办公室的人不会说话，就会笑笑呢？"面对别人的问话不方便回答，又不能不去回应，微微一笑可能是当时最好的选择吧！

如果公司老板与王经理就合作问题谈了几个回合，达成了初步意向。但当王经理来公司准备签合同时，公司老板又提出了合作中的一些细节问题，一个上午又无果而终。王经理起身离开，你送他到公司门口。在公司门口，王经理苦笑着对你说："你们老板怎么婆婆妈妈的，真不痛快。"这时候，你该怎么回答？肯定他对你们老板的认知？不合常理。否定他？会让对方很尴尬。肯定不行，否定也不行，怎么办呢？微微一笑可能是此时最好的选择吧！

第一次世界大战后，两万五千余名美国退伍老兵请愿，要求胡佛政府给予退伍军人补助金。因双方各执己见，虽多次对话，但均无结果。最后，胡佛总统拒绝了退伍兵的一切要求，并强制将退伍兵赶出了华盛顿。罗斯福上台后，退伍兵们又以更大的声势请愿。罗斯福与夫人埃利诺商定，由埃利诺出面协调，打"情感牌"。当埃利诺到达退伍兵聚集地后，她独自一个人下了车，没有丝毫犹豫地踏着齐踝深的泥水，微笑着向退伍兵们走去。退伍兵见到满身泥水的总统夫人，备受感动，忙把她扶了过来。埃利诺询问了他们的疾苦，倾听了他们的诉说，还和他们一起唱了歌，气氛非常融洽。在这种融洽的氛围中，埃利诺成功地说服了退伍兵，使他们做出了让步，问题得到协商解决。

以暴制暴，终不能止暴，疏导、协调才是解决问题的正道。根据马斯洛人生需求的五层次理论，人的需求包括生理需求、安全需求、爱和归属的需求、尊重需求和自我实现的需求。埃利诺夫人之所以能够顺利解决上届政府遗留的难题，在于她以自己亲切的言行，包括微笑，打动了退伍老兵的心，使他们感受到来自对方的认可和尊重，正因为被尊重需求的满足，老兵们在物质追求上适当降低了标准，从而使问题得以顺利解决。

　　微笑是真正的世界语言，美女微微一笑很倾城，职场中人亦可微微一笑传达善意、解决难题。愿我们都成为爱笑之人。

墨池的故事

　　对中国书法史有所了解的人，都会知道关于墨池的故事。有人说这是东汉"草圣"张芝的故事，有人说这是"书圣"王羲之的故事，还有人说这应该是怀素和尚的故事。确实，他们三人都有属于自己的"墨池"故事，但还有一位女书法家也有一个有关墨池的故事。

　　王羲之从小痴迷书法，无论吃饭、走路都不忘练习书法，以致衣服都被他划破了。当朝的郗太傅要为自己才貌俱佳的女儿寻一佳婿，面对审婿官的考核，王羲之依然逍遥东床、袒腹而卧，大概在琢磨书法的事情吧。王羲之经常临池摹书，就池洗砚，最后竟然将一池水染黑，故称"墨池"。因为王羲之书法上的至尊地位，他留给后人的墨池可不止家门口一处。江西省抚州市临川区有一墨池，相传为王羲之洗笔砚处，唐宋八大家之一的曾巩仰慕王羲之的盛名，曾专程到临川凭吊墨池遗迹，并根据王羲之的轶事，写下了著名散文《墨池记》。另外，浙江永嘉积谷山上，江西庐山归宗寺内，也都留有王羲之的"墨池"遗迹。这么多的墨池足见国人对"书圣"这种勤勉不懈精神的认同和对古圣先贤的绵绵追思。

　　王羲之的行书名贯古今，其实他的草书也冠绝一时，其草书传承自东汉"草圣"张芝，而张芝也有一个墨池的故事。王羲之的"墨池"精神承袭张芝的魂魄。晚唐人所撰《敦煌二十咏》中有一首诗《墨池咏》提到张芝"临池"："昔人精篆素，尽妙许张芝。草圣雄千古，芳名冠一时。舒笺行鸟迹，研墨染鱼缣。长想临池处，兴来聊咏诗。"根据敦煌莫高窟藏经洞出土的《沙州都督府图经》记载："张芝墨池，在县东北一里，效谷府东南五十步。"可见，张芝的"墨池"精神无论是在当时还是在后世，从来都没有被人遗忘过。

王羲之的书法启蒙老师首推卫夫人。卫夫人本名卫铄，师承晋代著名书法家钟繇。卫夫人与王羲之母亲为中表亲戚，因此，"书圣"王羲之年少时曾得到卫夫人的书法真传。相传卫夫人儿时习字十分勤勉，专注度极高，每天除了练字就是在门前池子里清洗笔砚，天长日久，池水竟被染成了黑色，后人就把这个池子称为"卫夫人洗墨池"。魏晋时期不愧是文采风流的时代，在人的自觉的大背景下，女性的才智也得到了很好的彰显。盛唐诗人杜甫作诗曰："学书初学卫夫人，但恨无过王右军。"从卫夫人闻名天下的事迹猜测，那时女性应该会比其他时代受到更大的尊重吧。

中国书法史上流传着"颠张醉素"故事，说的是草书大家张旭和怀素对书法的近乎疯狂的创作状态。怀素和尚十岁出家、痴迷书法，寺院的墙壁、衣服、器皿、芭蕉叶上，都留下了他求取书法奥秘的手迹。怀素对东晋书法家王羲之、王献之及同朝张旭的行书、草书极为推崇，勤加练习，夜以继日，秃笔成堆而埋于山下，人称"笔冢"。冢旁有小池，也因洗砚之故而变黑，名为"墨池"。怀素为领悟书法奥秘，除了拜读先贤手迹，也遍访当世名家。他曾拜会颜真卿，与之共同探讨书法真谛。颜真卿为怀素作《怀素上人草书歌序》。另外，他还与诗仙李白、茶圣陆羽有过交往，李白为他写下《草书歌行》，陆羽为他写下了《僧怀素传》。

以上是书法界关于"墨池"的故事，其实纵观古代书法大家的成长历程，他们成名成家的背后，是日复一日的努力和坚持。

王羲之以行书闻名，其楷书也有不俗的成就，这源自王羲之勤奋研习"楷书鼻祖"钟繇的《宣示表》。西晋末年，士族南迁，东晋政权的奠基人王导十分喜爱钟繇的《宣示表》，为防止书稿在兵荒马乱中遗失，王导把这一墨迹缝入衣带中，将之带到江南。因为王导与王羲之有亲戚关系，又欣赏王羲之对书法的天赋和痴迷，所以后来王导将《宣示表》送给了王羲之。王羲之十分钟爱《宣示表》，经常加以临摹研究。

钟繇的楷书之所以能够获得"书圣"以及世人的追捧，也是源自他的勤奋努力。据魏晋南北朝人所撰《笔阵图》记载，钟繇知韦诞藏有东汉书法大家蔡邕的书法感悟《蔡伯喈笔法》，于是就向韦诞借阅。韦诞不舍得给，钟繇竟然捶胸顿足，几至呕血而亡，幸亏曹操以五灵丹救之，乃活。等到韦诞死了，钟繇令人盗掘其墓，乃得《蔡伯喈笔法》，日日研读，书法大进。钟繇精思学书，睡觉的时候在被子上练字，上厕所也不忘练字，看到天地万物也会主动与书法联系起来，真可谓痴迷。

王献之自幼随其父王羲之练习书法，以行书、草书闻名，与其父王羲之并称为"二王"。东晋政治家、名士谢安曾问他："你的书法与令尊大人相比，怎样？"王献之回答："各有所长。"王献之之所以能在父亲的光环下取得与父亲齐名的资格，与他的勤学苦练是分不开的。王献之七八岁开始学书，练了几年之后，就颇为自信地认为应该可以与父亲比肩了吧，结果当他信心满满地把自己的书法成果呈献给父亲时，王羲之什么也没说，只是在他的一个"大"字下面点了一个点，就把书稿全部退还给了他。王献之很不解，就拿着书稿给自己的母亲看。王献之的母亲是当时被称为"女中笔仙"的郗璿，母亲看了半天说："孩子，你的这篇书法作品只有这一'点'像你的父亲。"王献之走近一看，母亲所说的那个"点"正是父亲刚刚点上的那一"点"。王献之深感惭愧，从此发愤图强，按照父亲的要求扎扎实实地练完"十八缸水"，从而在书法史也有了一定的地位。

王羲之七世孙智永禅师，继承家学传统，一生致力于书法事业。智永禅师的书法受到世人的高度认可，登门求教、求字的极多，家中门槛也被踩坏了。智永没办法只好用铁皮来加固门槛，时人称之为"铁门槛"。智永禅师的《真草千字文》，随日本的遣唐使流传到日本，对日本书道产生过不小的影响。智永禅师的书法成就也是与他的勤学苦练分不开的，传说智永居永欣寺三十年，每日深居简出、专心习字，曾发誓书不成则不下楼。他日积月累地练字，用坏的毛笔竟装满了十个大筐子。他就在门前挖了一个坑，将这些用坏的毛笔掩埋其中，名之曰"退笔冢"。"铁门槛"和"退笔冢"成为书法史上的佳话。

墨池及其相关的故事昭示了勤奋对于成功的必要性。勤奋是成功的必要条件，但成功的路上除了勤奋还需要用心，如此才能叩开成功的大门。

北宋著名书画家米芾小时候跟着村里的私塾先生学习写字，学了三年，费了无数纸张，可是写字的水平依然平平。最后，私塾的先生对他失去了信心，认为他不具备学习书法的天赋，让他回家放牛了。米芾虽然心有不甘，但也无可奈何。一天，米芾听说村里来了一位写得一手好字的秀才，就跑去求教。秀才了解了他的情况之后，对他说："你跟我学写字也可以，但你得买我的纸。"秀才的纸真的太贵了，但为了练好字，米芾没有办法，只好答应了。面对秀才给的昂贵的纸张，米芾左看右看、左思右想，反复思考每个字的写法，却始终不敢下笔。三天后，秀才来了，看到米芾坐在那里，一字未写，并不觉得奇怪。他让米芾大胆地写，当米芾看到自己经过深思熟虑之后写的字，内心真是又惊又喜。于是在秀才的点拨下，米芾终于明白：学字不只是动笔，还要动心，心领神会，胸有成竹，才能精进。

无独有偶，唐代著名书法家颜真卿为了学习书法，曾拜在大书法家张旭门下，希望得到这位名师的指点，获得写字的诀窍，从而一举成名。但拜师以后，张旭不是让颜真卿临摹名家字帖，就是带着颜真卿去爬山观水、赶集看戏，或让颜真卿看自己挥毫泼墨。看老师这么不明白自己的需求，过了几个月，颜真卿就直接向老师提出学习书法秘诀的要求。张旭回答说，学习书法，一要工学，即勤学苦练；二要领悟，即从自然万象中感悟启发。张旭给颜真卿讲了"书圣"王羲之让儿子王献之"十八缸水练字"的故事，还讲了自己的切身经历，如从公主与担夫争路而察笔法之意，见公孙大娘舞剑而得落笔神韵。张旭告诉颜真卿，练好书法除了苦练就是观察，没有什么诀窍！老师的教诲让颜真卿大受启发，他摒弃了对书法秘诀的追求，扎扎实实地勤学苦练，认认真真地潜心钻研，终成一代书法大家。"欧颜柳赵"，楷书四大家的成就，时至今日，仍为我们传扬。

文人相重

　　曹丕在《典论·论文》中提出了一个中国人耳熟能详的观点："文人相轻，自古而然。傅毅之于班固，伯仲之间耳，而固小之，与弟超书曰：'武仲以能属文为兰台令史，下笔不能自休。'夫人善于自见，而文非一体，鲜能备善，是以各以所长，相轻所短。"傅毅和班固都是东汉前期杰出的文人、学者，在赋、诗、颂等各方面都有不俗的造诣，但班超以己所长轻人所短，瞧不起傅毅。南北朝齐梁文坛有两大文豪，沈约、任昉，时人有"沈诗任笔"之称。北朝两位名重一时的文学家邢子才、魏收对于任昉和沈约各有偏爱，每每争论不休，原因实是因己之所长而爱之，因己之所短而非之。这正如庄子所言："故有儒墨之是非，以是其所非，而非其所是。欲是其所非，而非其所是，则莫若以明。"如果站在自己的立场去评判世间万物，总是难以分出个是非对错，不如放下成见，以空明的心境去观照万事万物。"文人相轻，自古而然"，但也有例外。

一、蔡邕与王粲："吾家书籍文章，尽当与之"

　　蔡邕与王粲年龄相差44岁。蔡邕是东汉时期文学家、书法家，著名才女蔡文姬的父亲。蔡邕精通音律，留有"焦尾琴"的故事，精通经史、擅长辞赋，书法造诣极高，擅篆书、隶书，尤以隶书造诣最深，创"飞白"书体，对后世影响甚大。蔡邕具有很强的文化传承意识，有感于古代典籍因时代变迁，错谬颇多，因此奏请汉灵帝修订"六经"文字，以为后世模本。获得批准后，蔡邕用红笔亲自写在石碑上，等工人刻好后立于太学的门外，这就是中国第一部石经——《熹平石经》。据说，石碑新立之时，观者云集，几乎每天的车流量就可以达到千乘，造成了交通堵塞，由此可见其社会影响之大。蔡邕的文化传承意识也表现在他为修撰汉史而做出的种种努力，资料的搜集自不在话下。当司徒王允因为蔡邕曾为董卓重用，又为董卓之死而叹息，要将之处斩时，蔡邕表示可以接受任何刑罚，只求保全一己性命得以完成汉史的修撰。

蔡邕的这种情怀与他看到少年才俊王粲时的兴奋是一脉相承的。王粲乃"建安七子"之首，名门之后，幼年早慧，有过目不忘之才。《三国志》记载王粲擅长数学和文章，算术速度飞快，写文章一挥而就，碑文一读便可背诵，确实记忆力惊人。还有一次，王粲观人下围棋，有人不小心碰乱了棋局，王粲说他能帮着人家复原棋局，结果真的如此。拥有强烈文化传承意识的蔡邕看到如此博闻强识、才华横溢的王粲，自然喜出望外。有一次，当蔡邕听到王粲来访，来不及穿好鞋子就出门迎接，并且许诺将自己所藏之书全部赠送，这是何等的爱才、惜才之心啊。蔡邕去世后，真的履行了他的诺言，将其藏书六千余卷赠予王粲。

书籍对于真正的文人来说意义非凡，有比金银珠宝更重要的价值。当年北宋朝廷危在旦夕，为求自保，宋徽宗坦然答应了金兵各种无理要求，但当他的古玩字画被搜走时，宋徽宗仰天长啸，愧悔不已。我们可以说宋徽宗是一个昏君，他既不爱国，也不爱家，但他对所收藏之书的热爱应该是真挚的。蔡邕将书籍赠予王粲，其中的深意不知道聪明如王粲是否体会得到？在接过蔡邕所有书籍的时候是否有沉甸甸的感觉？

正可谓：君子爱才并重书，藏书一付意深沉。

二、张华与陆机："伐吴之役，利获二俊"

西晋政治家、文学家张华，家世寒微，少年孤贫，才华横溢，工于诗赋，曾做《鹪鹩赋》，借助对鸟禽的评价，抒发自己的郁结之情。张华博闻强识，编纂了中国第一部博物学著作《博物志》。晋武帝时，张华力主伐吴，功成，受到晋武帝重用，即使在贾南风当权的晋惠帝时期，也力图以自己的才能维护朝廷的稳定，被当时的人们比作子产。就是这样一位才智之士，却能够不封闭、不傲慢，伐吴成功之后，极力推崇自吴国而来的陆机、陆云兄弟。

张华与陆机相差29岁，陆机"少有奇才，文章冠世"，诗文俱佳。陆机的文艺理论作品《文赋》妙语连珠，读后满口生香，文艺理论作品写得如此漂亮，令人不得不为陆机点赞。陆机出身名门，为孙吴丞相陆逊之孙，孙吴大司马陆抗第四子。如此才华，如此出身，自然使命非凡。陆机、陆云来到洛阳后，张华兴奋异常。在二人拜访之后，张华禁不住感叹："伐吴之役，利获二俊。"讨伐吴国最大的收获竟然是得到了陆机和陆云哥俩，如此评价不可谓不高啊。在张华的推崇之下，陆机、陆云兄弟名声大噪，时有"二陆入洛，三张减价"之说。在功名心的驱使之下，陆机积极参与西晋权力之争，成为权倾一时的贾谧的"二十四友"之一，后来又不可避免地参与了西晋司马氏集团内部争权夺利的政变斗争，想于乱世之中求取功名。这无异于在炉火上行走，身败名裂是迟早的事情。陆机、陆云最终也不能幸免于难。临终时，陆机对陆云所说的那句留恋平凡而简单生活的话至今流传："欲闻华亭鹤唳，可复得乎！"

陆机是文学的宠儿，却是政治上的失败者，他可能生错了时代，也可能是看错了追随者，但他对张华一直有着浓浓的深情。张华遇害后，陆机为他创作诔文，又创作《咏德赋》来寄托悼念之情，从而为这段文人间的惺惺相惜画上了圆满的句号。不知道，面对张华的遭遇，年轻的陆机除了悼念悲痛，有没有引发他关于名利的思考？应该是没有，否则他怎么会在张华去世仅仅三年后就那么迅速地走上败亡之路！

张华对有才华的年轻人的赏识不仅体现在陆机和陆云身上，也表现在《三国志》的作者陈寿身上。据说陈寿为父亲守丧期间，让婢女伺候自己服药，为乡人指责。陈寿因为不愿逢迎的性格和行为上的瑕疵多年不被荐举，但张华非常欣赏陈寿的才华，不顾陈寿行为上的瑕疵，向晋武帝极力推举。当陈寿的《三国志》面世，张华深深折服，对陈寿说："当以晋书相付耳。"其推重竟然如此。

正可谓：良马意欲腾腾起，伯乐闻声付深情。

三、贺知章与李白"金龟换酒"的情谊

贺知章与李白年龄相差42岁，身份悬殊：当李白还在为实现自己的"大鹏"之志而隐居终南山的时候，贺知章已经官居高位、朝野仰慕了。但这两位年龄、身份差距极大的人有着很多的相同点：都爱写诗，尤其爱喝酒、醉酒，他们都是有名的"酒仙"。杜甫的《饮中八仙歌》写贺知章："知章骑马似乘船，眼花落井水底眠。"说贺知章喝酒之后骑在马上摇摇晃晃好似乘船一样，就算醉眼昏花落到井里面依然沉睡如常。杜甫的《饮中八仙歌》写李白："李白一斗诗百篇，长安市上酒家眠。天子呼来不上船，自称臣是酒中仙。"

唐天宝元年，本着"治国平天下"的文人理想，李白来到长安求仕。百无聊赖的他在游览一座道观的时候恰巧碰到了贺知章。贺知章很早以前就读过李白的诗，对李白极为推崇，这次偶然相逢，自然要来一番亲切的攀谈。当他读到李白的新作《蜀道难》时，不禁惊呼李白为"谪仙人"，如此才华，如此风度，此人只应天上有，人间哪得见几回？知己相见，时光易逝，转眼已近黄昏，贺知章很自然地邀请李白去饮酒。酒店选好，人也坐下，贺知章却发现自己没有带钱。他毫不犹豫地解下腰间代表身份的金龟袋做酒钱，与李白喝酒痛饮，尽欢而散。后来，在贺知章以及玉真公主的推荐之下，唐玄宗任命李白为翰林待诏，成为唐玄宗身边的第一文学侍从。

天宝三年（744年），贺知章因病告老还乡，老友离别，李白尽管心情低落惆怅，却强忍伤感写了一首达观的《送贺宾客归越》："镜湖流水漾清波，狂客归舟逸兴多。山阴道士如相见，应写黄庭换白鹅。"三年之后，李白探访贺知章，惊闻老友已驾鹤西去，悲痛欲绝，回忆过去，深情

厚谊，百感交集，写下了《对酒忆贺监二首》，其一："四明有狂客，风流贺季真。长安一相见，呼我谪仙人。昔好杯中物，今为松下尘。金龟换酒处，却忆泪沾巾。"其二："狂客归四明，山阴道士迎。敕赐镜湖水，为君台沼荣。人亡余故宅，空有荷花生。念此杳如梦，凄然伤我情。"

天才李白从来不缺仰慕者，比他年轻的杜甫与他诗酒唱和，对他终生想念。杜甫《与李十二白同寻范十隐居》："李侯有佳句，往往似阴铿。余亦东蒙客，怜君如弟兄。醉眠秋共被，携手日同行。更想幽期处，还寻北郭生。"知天命之年的杜甫听说李白被流放夜郎，担忧之情溢于言表："不见李生久，佯狂真可哀。世人皆欲杀，吾意独怜才。敏捷诗千首，飘零酒一杯。匡山读书处，头白好归来。"

天才的李白也从来不吝啬自己对偶像的赞誉，同时代的诗人，李白最崇拜孟浩然。李白与孟浩然的每次见面和分离都会留下诗篇，譬如，《黄鹤楼送孟浩然之广陵》："故人西辞黄鹤楼，烟花三月下扬州。孤帆远影碧空尽，唯见长江天际流。"他还曾大胆地表白："吾爱孟夫子，风流天下闻。"

正所谓：文人哪得情相轻，相惜相念意难平。

四、欧阳修与苏轼："老夫当避路，放他出一头地也"

欧阳修，北宋政治家、文学家。他幼年孤贫，但母亲知书达理，非常重视对他的教育，给后世留下了画荻教子的故事。欧阳修勤奋好学、聪明过人，文学才华尤其出众，一生著述颇丰，被誉为"唐宋八大家"之一，《醉翁亭记》是其代表作之一；他的词作也是缠绵幽怨，文采斐然。他还曾参与合修《新唐书》，并独撰《新五代史》。他不仅自己在文学上造诣颇高，还乐于赏识和提拔后起之秀，这其中就包括苏轼。

苏轼的《寒食帖》被誉为天下第三大行书，并且位列唐宋八大家，其文纵横捭阖，挥洒自如，其情豪迈洒脱，一骑绝尘。苏轼是中国文人的典范，他将儒、释、道精神圆融于生命之中，活出了中国文人理想的姿态。

　　嘉祐二年（1057年）二月，欧阳修担任礼部贡举的主考官，遇见了苏轼。文风通达平易的欧阳修看够了佶屈聱牙的"太学体"，终于看到了一篇让他心动的文章，语言流畅，论理透彻，当属第一。欧阳修怕这篇文章是自己的得意门生曾巩之作，为了避嫌，将之列为第二，后来明白了事情的真相，欧阳修很是过意不去，苏轼却不以为意。欧阳修更加欣赏苏轼，在给好朋友梅圣俞的书信中写道："老夫当避路，放他出一头地也。"其胸怀气度不可谓不高啊。

　　苏轼将欧阳修提携后辈的精神发扬光大，"苏门四学士"在中国文化史上大名鼎鼎。对于欧阳修对自己的赏识，苏轼一直是铭记于心的。恩师去世二十年后，苏轼在恩师曾经作词的地点作了一首同韵的词——《玉楼春·西湖南北烟波阔》。

　　遗憾的是，欧阳修与他的主考官——晏殊之间的关系却始于文采、终于性格。晏殊身居要位，平易近人，唯贤是举，范仲淹、王安石、韩琦、富弼、欧阳修等皆经他栽培、荐引、重用。当年欧阳修被晏殊定为礼部考试第一名，即省元，二人关系甚密。但晏殊是一个非常保守的人，崇尚闲静平和，具有较浓的道家色彩，"无可奈何花落去，似曾相识燕归来"，人称"太平宰相"。而欧阳修性格耿直、刚烈，喜欢议论时政，坚持己见，而且以风节自持。他积极参与庆历新政，应该是理所当然的事了。

　　在宋仁宗庆历年间，西夏犯边，战事紧急。欧阳修一众拜访主持军务的老师晏殊，当欧阳修看到晏殊在家里饮茶品酒、无限惬意的状态，当即作诗《晏太尉西园贺雪歌》讽谏，希望老师勇担重任，不要辜负社稷民生的重托。晏殊自然内心不悦："吾重修文章，不重他为人。"后来，二人的关系渐渐疏远，令人深感遗憾。

　　"文无第一，武无第二。"对于以武力争胜负的人来说，胜败之状泾渭分明，而文学的评判则是多维的，所以如果没有开阔的胸怀，如何能够欣赏异于自己的风格，如何能够容忍他人的光芒掩盖自己的光辉？"文人相轻"或是本性，"文人相重"则更是修养。

棋子灯花尚在　与君相约须来

——相约的故事

俗语所谓"经世见人"，经历世事方能了解他人，也洞见自己。人的一生中有无数次的主动约人和被动受邀，也正是这无数次的互动在向世人缓缓讲述邀约人与被约人各自的品性和素养。

一、季札赠剑：季札与徐国国君之约

季札是春秋时期具有远见卓识的政治家和外交家。历史上有"南季北孔"的说法，"季"即为季札，"孔"是孔子。季札还是孔子久仰的君子。吴王寿梦有四个儿子，其中最小的儿子季札最有德行。因此，寿梦一心想让季札继位，季札的几个哥哥也认同父亲的做法，想拥戴季札成为吴国国君，但是季札坚辞不受，隐居耕种于乡野，以示志向之坚。于是，大哥诸樊继位，但他一直认为季札是吴国国君最合适的人选，于是在临终之前立下遗嘱，要求弟弟们遵从兄终弟及的制度，最终将君主之位传给季札。吴王夷昧临终前将王位传给季札时，季札再一次拒绝了。季札一再拒绝的东西，却终究让诸樊的儿子阖闾和夷昧的儿子僚争得不可开交，于是历史上留下了"专著刺王僚"的刺客传奇。

作为春秋时期著名的政治家和外交家，季札经常代表吴国出使各国。一次，季札要出使晋国，途经徐国。徐国的国君热情招待，眼神中流露出对季札所戴佩剑的艳羡之情，但徐君始终难于启齿相求，季札是何等聪明、大气之人，君主之位在他心中都毫无挂碍，一把佩剑何足挂齿！但因

为自己还要遍访列国，佩剑是当时士大夫的标配，因此便没有相赠。等到季札出使归来，再次经过徐国。徐君已死，季札祭奠徐君并解下佩剑挂在徐君墓旁的松树上。侍从不解："你没有答应送给徐君，即使答应了，现在徐君已死，这样做有何意义呢？"季札说："在我内心其实早已把宝剑送给了徐君，难道因为徐君的逝世而违背我内心与徐君的约定吗？"

成为一个信守承诺的人，应该不仅仅是社会的倡导，更应该是我们内心真实的需求，阳明先生的"致良知"意即此也。对约定的践行不是因为法律舆论的外在压力，更多的应该是一颗心的执着。

二、尾生抱柱：尾生与女朋友之约

根据《庄子》记载，有一个叫尾生的青年男子，与自己心仪的女孩约好了时间和地点，结果彼时彼地等来的不是心仪的女孩而是凶猛的洪水，最后抱柱而亡。尾生可以说是中国历史上第一个有记载的为情而死的青年，真可谓"生命诚可贵，爱情价更高"的现实诠释。

每当与人分享这个故事，好多人的第一反应是这个尾生太傻了，这么做太不值得了。但为什么尾生的行为在我们的民族文化中一直作为高洁的意象传唱不衰呢？汉朝人刘向编撰的《战国策》记载："信如尾生，廉如伯夷，孝如曾参，三者天下之高行也。"清乾隆年间编撰的《西安府志》记载，尾生等待女孩的那座桥在今天的陕西蓝田县的兰峪水上，称为"蓝桥"。蓝桥的梁柱与尾生一起成为守信的标志。

我们当然不提倡主动的殉情行为，尾生之所以抱柱而亡，原因可能有二：一是尾生不知道洪水会来，他在幸福地等待。尾生具体等了多久，我们不知道，但一定不会太短。在不短的等待时间里，尾生为什么不烦躁？可能他一直沉浸在对过去美好的回忆以及未来美好的憧憬中，这让他忘了时间的存在，忘了女子的爽约。令他从美好中醒过来的可能是早已汹涌的洪水，此时，尾生想离开已经不可能。对于这样的尾生，我们是不是应该送上一份追怀之情呢？二是尾生知道洪水会来而依然信守承诺前往约会地点，难道他不知道洪水的厉害？难道他自认为是游泳高手，可以与洪水对抗？应该都不是。那么他为何还要去？唯一的可能就是，他担心女子会去赴约因之产生不测，他想告诉那女子快点离开，不要等待。结果他左等右等，始终没有机会将洪水要来的信息告诉心爱的姑娘，反而是洪水告诉他，他永远也等不到心爱的姑娘了。对于这样重情重义的尾生，我们是不是更应该送上敬仰和缅怀？

尾生在等，他在等心中那个美丽的女子，也在等一个知音。你若懂得，眼里有笑，心里有暖。

三、圯上受书：张良与黄石公之约

张良作为"汉初三杰"之一，在大汉帝国创立的过程中立下了赫赫功勋，并能功成身退，晚年逍遥于道家养生修行之途，可谓羡煞世人。他之所以能在事功和隐退之间有如此卓越的表现，得益于年轻时遇到的贵人——黄石公，也就是我们所熟知的"圯上受书"的故事。张良是战国时韩国的贵族，自祖父起家族连任韩国宰相。韩国被秦国灭亡后，张良还相当年轻，反秦成为他生命的主旋律。他散尽家财，弟死不葬，策划了一次对秦始皇的谋杀行动。行动失败后，张良隐姓埋名，隐居乡间，也就是这个时候，张良遇到了人生导师黄石公。伯乐需要千里马的印证，千里马也需要伯乐的磨砺。这是一次注定要千古流传的相遇。

黄石公的鞋子是为张良而踢落桥下的，黄石公在等待一个可以拯救这个暴政横行时代的人，这个人应该就是张良。张良的学识素养和人生经历都符合黄石公的要求，如果张良的性格再沉稳一些，能够宠辱不惊，那就更好了。于是，伯乐对千里马的训练就开始了。黄石公遇到张良时，张良正困扰于反秦复韩的乱麻之中，却被一位老者傲慢地指派去捡拾他故意踢到桥下的鞋子，张良贵族的素养最终还是压倒了心中暂起的怒火，为其捡回鞋子。然后，老者竟然让张良为他穿鞋，这真是一种侮辱。贵族出身的张良怎么会去做这件事呢？但当张良看到老者白发苍苍，他可能回想起自己的父辈和祖辈，再者自己落难，不便与他人冲突而招致不必要的麻烦，于是，张良为老者恭敬地穿上了鞋子。老者也不言谢，扬长而去，只留下张良静立风中。张良面对老者的无理没有任何过激的反应，因而老者折返，与之相约五日后凌晨于此相见。五日后，张良到达约会地点，老者已在。老者训诫张良："与老人期，后，何也？"相约五日后再来，尽管张良较第一次提前了很长时间，但还是晚了。老者怒，相约五日后再来。在中国自古好像就有"事不过三"的传统，这次张良半夜就等候在桥头了，老者很满意，将自己珍藏的《太公兵法》赠予张良，并嘱之："读此则为王者师矣。"张良遵老者之言，时时研读，最终成为运筹帷幄而决胜千里的一代谋臣。这位智慧老者就是黄石公。

在张良与黄石公的故事中，黄石公就是一位伯乐。他如何发现了张良这匹千里马，我们不得而知，但他确实是一位优秀的伯乐，对"千里马"的训练环环相扣，哪一环节断掉，前期的训练都将功亏一篑。幸运的是，张良竟然可以通关，让我们捏着一把汗的心情终于放松了下来。有些相遇注定了会掀起历史的波澜，推动历史的发展；有些相约注定是对生命的磨砺，孕育出绚丽的花朵。

四、鸡黍之交：范式与张劭之交

范式，山东济宁人；张劭，河南省汝南县人。二人均为东汉名士，节义忠贞，当世颂扬。据《后汉书》记载，二人在太学游学期间成为至交好友，后来二人学业期满，结业回家。范式对张劭说："两年后，我定回京城，到时候我一定去看望你的父母和孩子。"二人约定好时间各自归家。两年后，约定的日期快到了，张劭请求母亲为好友的到来置办酒席，张母说："事情都过去两年了，你的好朋友真的会来吗？"张劭坚定地认为范式是信守承诺之人，他一定会准时到来的。于是，一家人为范式的到来忙碌起来。果然，约定之日一到，范式真的来了，风尘仆仆却也满面期待，张劭和范式把酒言欢，各自诉说相见之欢和想念之苦。

后来张劭得了重病，卧床不起，得到同郡好友的悉心照顾，但张劭在临终时说："生死有命，富贵在天，只是在离开之前见不到我的'死友'，真是太遗憾了。"同郡好友不解地问："我们这么照顾你，难道我们还不是'死友'吗？你还要等谁？"张劭说："你们只是我的'活友'，却不是我的'死友'，只有范式才是我的'死友'。"当时范式还在为官任上，忽然有一天做了一个梦，梦中张劭告诉他，自己将于某日去世、某日下葬，希望范式可以来见最后一面，送他一程。范式梦中惊醒，惆怅叹惋，痛哭一场，随向上司请假前去奔丧，上司虽然觉得不可信，但不忍心违背范式的心意，就答应了范式的请求。

于是，范式穿上吊唁的服装匆匆赶路。结果，范式还没有赶到，张劭的灵柩就已经出发了，但到了要下葬的时候，灵柩却怎么也不能进入墓穴，因为张劭还有未了的心愿。张劭的母亲猜到儿子的心事，于是开始等待，当看到一匹白马拉的素车远远疾驰而来，张母知道这一定是范式来了。范式叩拜灵柩深情对言："行矣元伯！死生路异，永从此辞。"闻者无不为之垂泪伤神。许久，范式拉着灵柩的绳索，灵柩才缓缓前行，范式为张劭修坟种树然后才离开。

生命中总有一些人是匆匆过客，也总有一些会沉淀下来，成就至死不渝的情谊。古希腊民间流传着一个关于达蒙和皮斯亚斯真挚友情的感人故事。皮斯亚斯因为反抗君主暴政被判死罪，达蒙用生命作为抵押以便朋友可以回家与亲人告别。结果，执行死刑的日子马上到了，这时皮斯亚斯还没有回来，如果这样，达蒙就需要代替朋友接受死刑的结局。所有人都嘲笑达蒙的愚蠢，他们都认为皮斯亚斯不会回来了，但达蒙坚信皮斯亚斯不会失信于他。就在达蒙被押上刑场的那一刻，皮斯亚斯赶到了。他上气不接下气地向达蒙解释迟到的原因。两位朋友亲切地互致关怀，做了最后的告别。君主被他们的真诚相待深深打动，宽恕了皮斯亚斯。作为一个国王，他非常羡慕皮斯亚斯，说："为获得这种友情，我愿献出我的王国。"

五、惜时如金：李叔同与欧阳予倩之约

"弘一法师"李叔同，大家应该都不会陌生，那首"长亭外，古道边，芳草碧连天"的优美旋律，在每个人的生命中总有几次回响。李叔同少年聪慧，年长后又沉迷钻研，对音乐、美术、书法、戏剧甚是精通，深为世人称颂。李叔同作为中国话剧运动创始人之一与当时著名编剧、导演欧阳予倩交情甚笃。有一次，李叔同与欧阳予倩相约八点见面，结果欧阳予倩到达见面地点时已经超时了五分钟。欧阳予倩连忙解释迟到的原因，但李叔同却说："我们约好八点见面，现在已经超时五分钟，我现在没有时间跟你谈了。对不起，我们改天再约吧！"欧阳予倩很无奈，但他知道李叔同是一个很有时间观念的人，也只能打道回府了。

五分钟，白跑一趟，这也太较真了！很多人都难以理解，但伟大的人物大都是惜时如金的。美国总统华盛顿有一个年轻的秘书很没有时间观念。一天早晨，华盛顿与这位秘书相约出发，结果当秘书到达相约地点的时候，他发现华盛顿已经在等候了，因此感到很内疚，于是就为自己辩解，说手表坏了，因此迟到。华盛顿平静地看着他说："恐怕你得换一只表，否则我就要换一位秘书了。"以后，这位秘书再也没有迟到。防患于未然，好的开始是成功的一半，万事开头难，所有这些都告诉我们，小事不小，开始很重要。我们与他人交往，触碰底线的事情一旦发生，就应该马上表明立场，否则，触碰底线的事情会成为一种习惯，一切就麻烦了，"千里之堤，毁于蚁穴"。"失了一颗铁钉，丢了一只马蹄铁；丢了一只马蹄铁，折了一匹战马；折了一匹战马，损了一位国王；损了一位国王，输了一场战争；输了一场战争，亡了一个帝国"，这个故事在历史上真实地发生过。在波斯沃斯战役中，理查三世失掉了整个英国，起因却是一枚小小的铁钉。

相约守时，珍惜他人的时间，也是尊重自己，在珍惜与尊重之间，架构起和谐的人际桥梁。我和时间有个约会，约会的路上遇到"你"以及"你们"，愿每一次相约都被真诚对待，成为生命中温暖的记忆。

关于吃的爱与恨

    关于吃，有很多故事。吃得合理得体，则会吃出爱的故事，温暖自己，温暖他人；吃得不当失礼，则会吃出恨的故事，害人害己。

    作为春秋五霸之一的秦穆公，雄才大略，为图霸业，广纳贤才，五羖大夫百里奚、当世智者蹇叔、西戎智囊由余皆忠心致用。秦穆公不仅有强烈的爱才之心，也拥有强烈的爱民之心。西汉经学家、文学家刘向的《说苑》中记载了一个故事。秦穆公丢失了一匹骏马，春秋时期马匹是重要的战略物资，既然马这么重要，于是秦穆公派人去寻找，终于在岐山脚下发现了这匹马，但是马已经被当地三百多个老百姓杀了并且分吃了。官吏追捕到这些人，准备绳之以法。秦穆公说："君子不以畜害人。吾闻食马肉不饮酒者，伤人。"于是就送给他们酒喝，秦穆公真是仁义之君啊。后来秦穆公与晋国交战，那三百多个人听说秦晋胶着、不分伯仲，于是拿起武器，为秦穆公拼死作战，救秦穆公于危难之间，并帮助秦穆公俘获了晋侯，顺利地回到了秦国。

    《论语·乡党》记载孔子问人不问马的故事："厩焚，子退朝，曰：'伤人乎？'不问马。"重物轻人从来都会受到国人的鄙视，秦穆公不因失马而杀人，反而赐酒以成全，与历史上那些草菅人命的昏君酷吏不可相提并论，他也因自己的善念获得对方的衷心拥戴、誓死报答，终于遇危解困。

    赵盾是春秋时期著名的政治家，权倾晋国，一生侍奉晋文公、晋襄公、晋灵公三朝。晋灵公年幼登基，是历史上出了名的昏君，喜欢在高台上用弹弓射人而观人之慌乱行状，厨师因为熊掌没有炖熟也会被其杀害。面对晋灵公的荒唐，赵盾作为辅政大臣自然需要进谏，进谏的次数多了，晋灵公自然很烦，于是就想除掉赵盾这个眼中钉。晋灵公派刺客去刺杀赵盾，刺客感动于赵盾的严谨忠诚，于是自杀了。晋灵公不达目的誓不罢休，于是假装设宴款待赵盾，席间不断劝酒，然后派刀斧手放恶狗击杀赵盾，结果晋灵公阵营中有一叫灵辄的人临阵反戈，与赵盾的随从一起拼死保护赵盾，赵盾得以脱身。

那么这个叫灵辄的人为什么会放弃自己安稳的生活临阵反戈、保护赵盾呢？这里给大家讲一个"桑下饿人"的故事。据《左传》记载，有一次，赵盾外出打猎，发现路边一桑树下有一男子饿得奄奄一息，一问得知该男子三天没有吃饭了，于是就给他干粮吃。这男子接过食物却只吃了一半，并把另一半包起来放好。赵盾问他为什么要这么做，他说："我离家游宦三年，也不知家中的母亲境况如何，希望可以允许我把这食物带给她。"赵盾听了很感动，让他吃完了饭，又送给他一些粮食和肉让他带回家去孝顺母亲。这个男子就是灵辄，他将赵盾的救命之恩一直铭记于心，时时刻刻都想报答赵盾。后来他当了晋灵公的卫士（有说厨师的），知晓了晋灵公的阴谋，故而挺身而出，以报前恩。一饭之恩，永世不忘，身家性命亦可以抛，这是何等的侠义，何等的男子气概！

顾荣是西晋名士，也是支持东晋司马氏政权建立的重要的江南士族领袖。顾荣少年英才，与陆机、陆云并称"洛阳三俊"。名望既高，又生逢乱世，周旋于权贵之间，颇多无奈，为避祸患终日醉酒，其实并不喜酒。他与拥有莼鲈之思的张翰为好友，曾对张翰感叹："吾亦与子采南山蕨，饮三江水耳。"然终不能如意，顾荣死后，张翰抚琴寄思，叹曰："顾彦先复能赏此不？"恸哭而去。

《晋书》记载，顾荣在西晋时，有一次与同僚宴饮，发现上烤肉的侍者有想吃烤肉的神色，于是顾荣将自己的烤肉割给了那个侍者。同座的人都不解，问他为什么要这么做，顾荣回答："岂有终日执之而不知其味者乎？"是啊，喷喷香的烤肉看在眼中、想在心里，整天端过来端过去，自己却从来没有吃过，确实挺残忍的。顾荣有强烈的同理心、同情心，分与食之，真君子也。后来西晋大乱，顾荣在逃亡途中被抓，在将要被诛杀的时候，竟然被释放了，原来当年的那个侍者正是现在的督帅。试想，如果当时顾荣没有将烤肉分享给侍者，他的生命可能将停留在西晋时期，东晋的名士榜上终将不见顾荣的名号。一块烤肉、一份真情、一生铭记，善意的传递真是太动人了。

小时候听老人说，饭可以乱吃，话不可乱说，觉得很有道理。饭吃得不对、不好，大不了就是拉个肚子、生个小病，可是话说错了，被人传来传去，就似覆水难收，根本无法挽回，后果很是不堪。那么饭真的是可以随便吃的吗？

齐桓公可能正因为早年吃得太过分了，晚年就只能挨饿。无论拥有怎样的财富和地位，都不能像齐桓公一样肆无忌惮地什么都吃。我们对生命、对自然还是应该拥有基本的敬畏之心，不能苛待生命。

据《史记》记载，春秋时期，集政治家、外交家、军事家、刺客、战将于一身的四朝元老华元，凭借自己的智慧和勇敢在强敌如林、诸侯纷乱的时代，为宋国百姓撑起一片蓝天，却因一个"吃货"车夫的执念，为自己的人生增添了一次被俘和做人质的经历。郑国攻打宋国，华元临危受命担任将帅，抵御外辱。大战之前，华元为鼓励士气，特意为每位士兵添了碗羊汤，唯独华元的车夫羊斟没有分到羊汤。羊斟心中很是愤怒，暗下决心，此仇不报非君子。第二天，两军开战，战事正酣，突然羊斟架起马车就向敌营奔去，一边驾车还一边阐发自己之所以这样做的理由："昨天分羊，是你作主；今天驾车，由我作主。"就这样，羊斟直接把自己的主帅华元送给了敌军。没有了主帅，宋国稀里糊涂地失败了，只能割地求和，以求东山再起。正可谓："少了一碗羊汤，丢了心中的忠诚。少了心中的忠诚，丢了车夫的职责。少了车夫的职责，败了一场战役。败了一场战役，损了一个国家。"

羊斟没有吃到羊汤的后果很严重。无独有偶，春秋时郑国的公子宋有一项"特异功能"：每当食指动时，他一定会品尝到奇特的美味。当他觐见国君郑灵公时，忽然食指大动，恰巧郑灵公要享用楚国进献的大鼋熬制的汤，公子宋认为以自己的身份和地位，国君一定会请他吃，但郑灵公故意不给，用以表示公子宋所谓食指大动则必食美食的经验并不灵验。就这样，一向爱好美食的公子宋看着大家高高兴兴地饱食大鼋汤，自己却只有眼馋的份儿，自然非常气愤。为了表示自己的经验还是灵验的，他就伸个手指头到汤里，尝了一下味道后扬长而去。如此违逆，郑灵公当然大怒，准备除掉公子宋。争斗的结果是郑灵公被公子宋所杀。就为喝个鼋汤也能喝出危机四伏、杀气腾腾的感觉，最后场面惨烈。饭岂是可以乱吃的？孔子曰："君使臣以礼，臣事君以忠。"君为主动，付之"礼"；臣为回应，付之"忠"。君臣关系推而广之就是上下级关系，看来要好好吃顿饭，平等待人、以礼待人是必不可少的。若只顾自己痛快，不顾及他人感受，结果只能是害人害己啊。

《史记·孟尝君列传》记载，孟尝君田文在自己的封邑薛县大肆招揽宾客，在他家里吃饭的人经常就有好几千。开销太大，孟尝君只能各方筹钱，为此还在薛县放过高利贷。当钱紧时，饭菜质量肯定不高。有一次，孟尝君与宾客一起吃晚饭，当时流行的还是分餐制。由于灯光比较昏暗，有一宾客觉得自己吃的饭菜难以下咽，就主观认定自己与其他人吃的不一样，因而气愤难忍，推盘欲去。孟尝君见状，立刻站起来，弄明白该宾客离开的原因后，就端着自己的饭食让他看，同样是难以下咽的餐食。宾客很惭愧，自刎而死。吃什么、怎么吃从来就不仅仅是为了填饱肚子，有时也承担着身份、地位和尊荣的区分功能。孟尝君的餐饮待遇与众不同本属理所当然，宾客所猜疑的应该是与其他同僚的区分对待，当他看到孟尝君的餐食与自己一样朴素时，该宾客清楚地意识到自己的狭隘，无颜面对，只能以死免耻。

由此可见，吃饭真不是一件简单的事情，可以吃出治国平天下的道理，如伊尹以"滋味说商汤"，如老子所言，"治大国若烹小鲜"，也可以赔上身家性命，乃至遗臭万年。

曾经，那些蹭吃蹭喝的人们

  上至达官贵人，下至黎民百姓，一眨眼谁也离不开七件事：柴米油盐酱醋茶。小时候邻居朋友见面，我们都会异口同声地问候或被问候："吃了吗？"一开始还不明白为什么要问吃了吗，如果别人没吃难道还要请人家吃一顿吗？问大人，大人也不理。后来慢慢长大，才明白中国人实在是饿怕了，有一口饭吃就意味着生命的延续，还真的是意义重大啊！中国古代大多数老百姓都在为一口吃的一直不敢停歇地辛勤劳作，可也有另外一部分人，他们或出于主观意愿或被客观形势所迫，使自己拥有了一段蹭吃蹭喝的人生经历。

  中国历史上颇光明正大地蹭吃蹭喝的非战国时期的冯谖莫属。据刘向《战国策》记载，齐人冯谖，家境贫寒到不足以养活自己，于是就想做孟尝君的门客。作为战国四公子的孟尝君礼贤下士，门客云集，既然有人主动前来也没有拒绝的理由。二人见面，孟尝君问："你擅长做什么？"冯谖说："我啥也不擅长。"孟尝君不死心又问："你有什么特殊才能吗？"冯谖回答："我也没有什么特殊才能。"孟尝君觉得此人好笑，什么也不会还理直气壮，此人要么是低级的无赖，要么是谦虚的高士，反正府内食客三千，也不差这一个，就答应让冯谖住下来。住下来的冯谖可不安生，一会儿嫌弃吃饭没有鱼，一会儿嫌弃外出没有车，一会儿又说自己尚有老母没能力奉养。孟尝君一一满足了冯谖的要求，冯谖终于安静了。

冯谖之所以蹭饭蹭得如此理直气壮，源于自己的才学和智谋，否则，"霸王餐"如何吃得稳当？果然，当机会来临，冯谖就展示出他的才能：他到孟尝君的食邑地薛地收租税，"焚券市义"，为孟尝君落魄之时的回归故里奠定了良好的群众基础；孟尝君失去齐国国君的宠信，冯谖为其谋立狡兔之三窟，终于使孟尝君重新拥抱富贵荣华。《战国策》："孟尝君为相数十年，无纤介之祸者，冯谖之计也。"孟尝君财大气粗，养得一群帮闲，希望关键时刻可以帮忙，蹭吃蹭喝的应该不在少数，吃大户这种心态并不鲜见。而像冯谖这样，蹭饭的时候明言就是要蹭饭，帮忙的时候不遗余力地出谋划策、极尽所能，也是极少见的。

汉高祖刘邦年轻的时候就是一"混江湖"的，兄弟四个，刘邦排行老三，其他兄弟都帮助爹妈下地干活儿、操持家务，唯独刘邦（当时应该称之为刘季）整天游手好闲，相约打架。刘老爹看不下去，严加管教，结果收效甚微，最后也就随他去了。常在河边走，哪能不湿鞋？刘邦老是在外面混，有时候难免惹怒官府，这时候他就带着自己的那帮兄弟跑到大哥家避风头。大哥家也不富裕，哪里架得住这么多人一起啃啊，于是大嫂就故意在给他们盛羹的时候用勺子把锅底刮得当当响，那帮兄弟听到这种声音以为没有羹了，也就都走了。结果刘邦到灶台一看，明明还有！于是他就很生大嫂的气，埋怨她小气，让自己很没面子。真是不当家不知柴米油盐贵啊，一个天马行空、今朝有酒今朝醉的浪子怎么会理解一个家庭妇女的痛苦啊！可刘邦与他大嫂之间的嫌隙就此埋下了。

不成想，就是这样一个连爹娘都瞧不上眼的刘邦，其性格气质却特别适合秦末动乱的年代。风云际会，他竟然打败了众多对手，以其善于"将将"的特长，成为大汉王朝的创立者。当了皇帝的刘邦开始封赏亲朋好友，他的兄弟以及子侄都得到了封赏，唯独大哥家的儿子好像被遗忘了一样，还在原来的轨迹上蜗行。手心手背都是肉，刘老爹看不下去了，就主动找到了刘邦，给自己的大孙子要封赏。刘邦很明白地告诉自己的爹，不是自己记性不好而是大嫂当年做得不到位，所以故意不给他们封赏的。那既然老爹开口了，面子总要给的。于是，刘邦就封大哥的儿子刘信为"羹颉侯"，"颉"与"戛"字同音，意作敲击，"羹颉"就是"敲击羹锅"的意思，看来刘邦对大嫂的意见真的不小啊。人总是如此，他人对自己的恩情总是容易随风飘散，而对自己的伤害却总是耿耿于怀。刘邦不会记得大哥大嫂给过自己多少顿羹汤享用，他只记得大哥大嫂没有给足自己羹汤的那一幕。

刘邦的嫂子不够大气，为刘邦扫平天下"六出奇计"的汉朝宰相陈平也有一位不够大气的嫂子。据司马迁《史记》记载，陈平出身贫寒，但非常喜欢读书，因此博学多才，胸有大志。他的哥哥很宠爱他，就独自包揽了所有家庭责任，让陈平毫无挂碍地外出交游。陈平长得高大英俊，加之才学出众，乡间人看了都觉得奇怪，有人就问陈平："你们家如此贫困，你是吃什么东西而长得如此壮硕高大的呢？"陈平感觉这个问题很难回答，遗传吗？天赐吗？还没等他想好如何回答，他的嫂嫂因为嫉恨陈平不干家务活儿就回答道："也不过是跟我们一样吃些粗劣的粮食而已，有这样的小叔子还不如没有，啥活儿也不干。"陈平的哥哥得知自己的妻子让弟弟如此难堪，非常生气，于是就把妻子休回了家。陈平的哥哥真是一位坚信"妻子如衣服，兄弟如手足"的人啊，因为自己的兄弟受到难堪的对待，就将妻子一休了之，也是够绝情的。

可是，关于陈平与他大嫂后续故事的传言就完全不受二人掌控了，应该是当时的老百姓感觉陈平大哥休妻休得好没有道理，怎么可能就因为对小叔子有意见就被休回家了呢？一定有更严重的事情，于是乡人们充分发挥奇思妙想，将大嫂对小叔子不满的事实生生地发挥成了"陈平盗嫂"的故事。当刘邦因为这种传言质问陈平的时候，智者陈平也不辩解，而是说如果刘邦认为自己有价值就留下用，如果觉得没用，打发走就可以了。刘邦终于明白，人才不能求全责备，发挥其长、约束其短，才能干事创业啊。

韩信，汉初三杰之一，以其杰出的军事才能被后人奉为"兵仙""神帅"，他给我们留下了"韩信点兵，多多益善""背水一战"等诸多典故。韩信少年孤贫，志向高远而不拘小节，在秦末乱世，既不能为官领俸，又不通经商谋生之道。韩信经常游走左邻右舍勉强度日，为此有许多人都不喜欢他。母亲去世之后，韩信更是居无定所，蹭吃蹭喝的频率更高了。南昌亭长见韩信气度不凡，认为他应该不是凡夫俗子，就有意与韩信交往。韩信也就因此经常到南昌亭长家吃闲饭，这一吃就几个月，亭长没说什么，但亭长的妻子受不了了。自己的老公就领那么一点俸禄，一个不沾亲不带故的陌生男人老来蹭吃蹭喝谁受得了？于是，亭长妻子开动脑筋，计上心来。她决定改变吃早饭的时间和地点，早早把饭做好，一家人在被窝里就把早饭吃了，等韩信赶来发现饭已经没有了。一连几次，韩信也就明白了亭长家的用意，愤然离去。

愤然离开很简单，也很潇洒，但肚子很不争气。"人是铁，饭是钢，一顿不吃饿得慌"，饭总是要吃的啊。没办法，韩信就去河边钓鱼充饥。钓鱼可是一件没有保障的事情，韩信挨饿的时候多，吃饱的时候少。河边一位大娘看到韩信饥饿的样子于心不忍，就将自己带的饭菜分给韩信吃，吃了几十天之后，韩信也很不好意思，觉得自己堂堂七尺男儿却依靠别人生存，于是就表示等以后自己发达了一定会报答她。没想到老人家听到韩信说以后要报答自己的话，竟然很生气。她告诉韩信，大丈夫连自己都养活不了，混得也是够惨的，自己给他饭吃只是可怜他，并非图他的后期回报。大娘的话深深刺痛了韩信，敌人的攻击可能会令人伤心，恩人的轻视却尤其令人伤神，韩信奋起了。他出发了，先是投奔项羽，不被重用，又去投奔刘邦，从而为我们留下了"萧何月下追韩信"的典故，因战功赫赫，韩信被封为楚王。此时的韩信再也不是当年那个被人嫌弃的少年，而是一方诸侯，威风凛凛。

韩信开始处理当年留下的"账目"：有恩的报恩，有怨的报怨。对于从来就没有想着回报而帮助自己的大娘，韩信赠予千金；对于害怕没有回报有能力却不持续帮助自己的亭长，韩信只赏赐一百钱。那个大娘应该是开心的，无心插柳柳成荫；亭长妻子应该肠子都悔青了吧，早知道韩信会如此飞黄腾达，当时真应该对他好一点。可是如果是以回报为底色的帮助也可能是会以仇恨返还的，因为欲望总是无穷无尽，些许的回报怎么可能填得满欲望的深渊呢？

从分餐到合餐

——中国历史故事中的饮食

　　曾几何时，西餐进入中华大地，受到国人的追捧，末代皇帝溥仪就对西餐极为钟爱，经常带领着自己的一后一妃品尝西餐。西餐的烹饪方式与中餐有着极大的不同，人们对于西餐中的分餐制也是深有体会的。那么，分餐制真的是西餐的专利吗？也许，中国历史上的某些名人故事会告诉我们真相到底是什么。

一、食指大动

　　《左传》记载，春秋时，楚国人献了一只大鼋给郑灵公。郑国的公子宋和公子家来觐见郑灵公。在路上，公子宋的食指忽然动了起来，他就对公子家说，"他日我如此，必尝异味"。等他们入宫以后，看见厨师正在宰杀大鼋，就相视而笑。郑灵公问他们为何而笑，公子家就将事情的经过告诉了郑灵公。等到大鼋煮熟了，郑灵公遍赐群臣，偏偏就不给公子宋吃。公子宋大怒，用指头在煮鼋的汤锅里蘸了蘸、品了品，扬长而去。郑灵公也大怒，欲杀公子宋。结果公子宋先动了手，弑杀了郑灵公。

　　该事件中，郑灵公与诸位大臣共享大鼋，应该是分餐制，一人一份，否则大家围成一桌共享美食，公子宋也可以拿起筷子参与进来，就无须"染指于鼎"，引发后来的杀戮了。

二、门客之死

《史记》记载，战国时齐国的孟尝君，位列"战国四公子"之一，为巩固自身地位、提高自身声誉而广招门客，士无贵贱，来则供之食宿。结果日子一长，孟尝君的俸禄就有点捉襟见肘了，因此也就有了弹铗者冯谖为孟尝君收取高利贷而焚之的故事。因为食客众多，钱财不足，伙食肯定不好。一位刚投奔孟尝君的门客觉得饭菜质量实在太差，又因为晚上的烛光太暗，他看不清孟尝君吃的是什么，便以小人之心度君子之腹，认为孟尝君吃的一定比自己的好，他因为自己没有受到应有的礼遇愤而离席。孟尝君吃饭吃得好好的，结果听说有门客刚刚投奔自己，饭没吃完就要离开，很是不解。此事可大可小，如果处理不好，对自己好客的美誉度会有很大的影响，因此，他赶紧起身相问。弄清事情的原委以后，孟尝君什么也没说，回到自己的座位上，端起自己的食案，让门客自己看，结果两个食案上的饭食是一样的。该门客非常羞愧，自刎而死。

由此可见，此时大家吃饭的时候一定是分餐制，否则大家围着一个大桌子合餐，门客怎么会产生怀疑从而白白搭上一条性命呢？原来分餐制也有局限性，门客死得好冤啊！

三、举案齐眉

《后汉书》记载，东汉时的梁鸿是一位有才有德有貌的名士，当时有很多有钱有势的大户人家都想把女儿嫁给他，梁鸿都拒绝了。同县有一个名叫孟光的女子，也是有钱人家的女儿，长得"状肥丑而黑，力举石臼"，快三十了，还没有出嫁，父母很着急，问她要找什么样的。她说只想嫁给梁鸿。按理说这怎么可能，梁鸿是"钻石王老五"，孟光是"超级剩女"，月老怎么会将二人牵连到一起呢？可结果梁鸿听说了孟光的选夫标准后，竟然马上同意娶孟光为妻。婚后，孟光脱下绫罗绸缎，穿上粗布衣服，与梁鸿夫唱妇随。梁鸿厌弃俗世的功名利禄，隐姓埋名，以给地主舂米为生，富家小姐出身的孟光对自己的夫君非常尊重，每次做好饭菜都要把食案举到与眉毛一样的高度送到梁鸿的面前。这就是历史上有名的举案齐眉的故事。女士不以财弃人，男士不以貌取人，可不勉乎？

举案齐眉的"案"就是食案，分餐制到汉代还是社会的主流啊。

四、苏轼赶考

宋朝时，饮食品类大大丰富，商业化也越来越明显，桌椅的出现让合餐制成为可能。据说，苏轼年轻时进京赶考，有六个自负的举人想当然地认为苏轼只是徒有虚名，就想戏弄苏轼一番，于是备下鸿门宴以待苏轼。苏轼何惧？欣然前往。开席前，一举人提议行酒令方显文人本色，酒令内容必须要引用历史人物或历史事件，酒令过关方可得到品味一盘菜的权利。因为他们六人早有准备，因此其余五人连声附和。"我先来。"年纪较长的说："姜子牙渭水钓鱼！"鱼肉没了。"秦叔宝长安卖马！"马肉没了。"苏子卿贝湖牧羊！"羊肉没了。"张翼德涿县卖肉！"猪肉没了。"关云长荆州刮骨！"骨头没了。"诸葛亮隆中种菜！"最后的青菜也没了。菜全部分完了，六个举人心满意足地正准备大吃一顿，不想这时，苏轼却不慌不忙地吟道："秦始皇并吞六国！"说完把六盘菜全部拢到自己面前，微笑道："诸位兄台，请啊！"六个举人呆若木鸡。

虽然这只是一个传说，但真实地反映出了当时的餐饮习惯，七人围桌吃六菜，正是标准的合餐制啊。

五、千叟宴

火锅历史悠久，在今天的饮食时尚中围炉吃火锅是日子红红火火的象征，今天我们就说说让火锅名满天下的千叟宴。乾隆一生举办过两次千叟宴。因为中国是农业大国，只有冬天老百姓才有时间休闲娱乐，因此这两次千叟宴都是在冬季举行。第一次因为经验不足，千人同时开饭，在寒冷的北方保持饭菜的温度成了最大的问题，宴后有些老人因为本身肠胃较弱，加之食用了冷的食物，回去就闹了肚子，乾隆心里有些不舒服。第二次举行千叟宴，适逢乾隆八十大寿，乾隆皇帝心想一定要举办得尽善尽美，谁可以担此重任呢？非和珅不可。和珅不愧是八面玲珑，一番思虑之后，就想到了火锅这种可以随时加热的饮食方式。和珅大胆地对当时的小火锅进行了改良，在里面加了一个烟囱，也就是现在常见的烟囱火锅的样子。和珅也因此获得了"烟囱火锅创始人"的称号。当一千名德高望重的老人同时开宴，热气腾腾的场面真是令人感慨啊！

可以说，火锅让合餐制在"合"的路上更进了一步，翻滚的高汤折射出的正是浓浓的华夏亲情、炎黄聚力。

六、早饭必早

曾国藩一生非常自律，饮食有节，起居有常。曾国藩不仅严于律己，也要求身边的人必须做到。在带领湘军作战期间，曾国藩规定每顿饭都必须所有人到齐方能开始，差一个人也不行。而他的得意弟子李鸿章习惯读书到深夜，第二天自然难以起床。刚到湘军时，李鸿章最痛苦的就是每天的早饭时间，他是宁愿不吃饭也不愿早起床的人。但曾国藩很看重每天的早餐，他其实也想借机改一改李鸿章的懒散作风。一天早餐，所有人都到齐了，只有李鸿章没来。曾国藩让人去叫。李鸿章睡意正浓，极不耐烦地对来人说他不吃早饭了。曾国藩让人再去叫，李鸿章便撒谎说生病了不能起床。曾国藩听了回话很生气地说："就是生病了也要来，人不到齐不开饭。"李鸿章没有办法只得起床吃饭。等大家沉闷地吃完早饭，曾国藩站起身来对李鸿章说："少荃，你既然来到了我的幕府，我告诉你一句话，我这里所推崇的就是一个'诚'字。"说罢拂袖而去。李鸿章是何等聪慧人物，从此下定决心，改掉了懒散的坏习惯，成为晚清大名鼎鼎的人物。

从分餐到合餐,合餐已不仅仅是吃的问题,也是沟通交流的问题,更是人生修养的问题。合的是情,合的是意,合的是和谐向上的人生追求。

从源头抓起　提升执行力

好的开始是成功的一半。开始就好比农夫播种，他需要选择在什么样的季节将一颗什么样的种子播种在什么地方，而所有这些选择都将会影响后期的收获。职场中我们推行一项制度、组织一场活动、树立一种规矩，皆要从源头抓起，只有如此，才能提升执行力，做到事半功倍。

春秋末期，齐人司马穰苴因宰相晏婴的推荐被齐景公任命为大将军，领兵抗击晋国和燕国的军队入侵。司马穰苴因自己身份低微，请求齐景公派遣一显贵人物担任监军。齐景公答应了司马穰苴的请求，决定派宠臣庄贾担此重任。司马穰苴与庄贾约定第二天日中出发，庄贾自恃国君恩宠，无视监军职责和司马穰苴三番五次的催促，坚持与亲友举办规模盛大的辞行宴会，终致误期。司马穰苴无惧齐景公的权力光环，按军法立斩庄贾。将士们看到司马穰苴治军有法必依、执法必严，军心大振，个个精神振奋、斗志昂扬。晋国军队听到这个消息，未等交锋，仓皇逃窜。燕国的军队听到这个消息，连忙从黄河南岸退到了黄河北岸。齐国军队乘胜追击，收复失地，大获全胜。

西汉名将彭越年轻时以打鱼为生，迫于生计曾为强盗。面对秦末动乱、群雄争霸的局面，彭越周围的百余年轻人意欲有所作为，他们请求彭越为其首领。彭越起初不同意，后禁不住青年们的再三请求答应起事。他们约定第二天一早太阳出来的时候集合，迟到者斩。结果第二天竟有十几人迟到，最后一个人竟然中午才到。彭越命斩最后一人，众人皆不以为然，笑曰："何至是？请后不敢。"但彭越誓不通融，终斩最后至者。众人皆大惊，心惮彭越，莫敢仰视。彭越带领大家出发参与诸侯争霸，队伍发展到一千多人，后终称霸一方，世人莫敢小觑。

秦孝公欲富民强国，重用商鞅。商鞅力主变法，变法必然要移风易俗，触动原有的利益关系。变法之要在取信于民，为达此目的，在变法令没有公布之前，商鞅立三丈之木于国都市南门，募民有能徙置北门者予十金。老百姓以为怪事，不信，没人去尝试。商鞅看此形势又说："能徙者予五十金。"有一大胆者徙之，商鞅立即按照约定给予五十金，老百姓深信商鞅能够言出必行、诚信于民，为后来的商鞅变法奠定了稳固的信任基础，秦国从此富强。

商界"铁娘子"董明珠初掌格力集团时，某一与公司领导关系极密切的员工触犯了公司规定。董明珠力主按规定处理，结果有关领导找到她，为该员工求情，劝说董明珠网开一面、既往不咎，给该员工一个机会。董明珠回答道："就是因为这个人与你有关系，我才处理他。要是站在个人的角度，大家都是同事，我完全可以视若无睹，做一个好人；但从企业的角度我必须处理他，因为这不光关系他个人的问题，还牵扯到你的形象和公司的利益。"最终董明珠顶住了重重压力，按公司规定处理了该员工，从而在集团内部树立了公平公正的形象，为其日后带领格力集团取得一个又一个成功奠定了坚实基础。

智者往往未雨绸缪，防患于未然，但有时各种意外状况的出现往往是防不胜防。一旦意外出现，我们该如何应对？以上事例从军事、政治、经济等不同的角度告诉我们：从源头抓起，方能提升我们的执行力，事半功倍。假如公司规定上班时间不能吃零食，而某次，一位员工在临近下班时拿出老家特产分给同事，被领导发现，结果这时打下班铃了。如果你就是这个领导，会怎么处理？如果有人来说情，你会通融吗？正确的做法当然是按照公司规定马上进行处罚，否则，这次是临近下班两分钟开始吃零食，下次就可以在临近下班五分钟时开始吃零食；这次是从老家拿来的特产，下次就可以是自己买来的美食，再下次就有可能是自己饿了在独自享受饭菜。总之，一旦有了开始，我们就很难掌控它的发展和走向，最好的办法是绝不开头。

当然，从源头抓起亦是内心足够强大之人。首先要无惧权威，如司马穰苴、董明珠一样坚守"王子犯法与庶民同罪"的信念。其次，要克服从众心理，做一个敢于挑战大多数的勇士，像彭越一样在众人皆不以为然的气氛中坚守"绝不妥协"的信念。再次，要善挖源头，大型活动往往经不起挫败，需要主动挖一个好的源头，如商鞅一样在变法之前做好意识和舆论的前导。最后，大凡能够顶住权威、力排众议者皆因一颗大公无私之心，为公则浩然之气充塞天地，其谁人不服？为私则鬼鬼祟祟，难见天日，其谁人服之？

"问渠那得清如许，为有源头活水来。"好的源头滋养万物，润物无声；不好的源头毒液涌动，贻害无穷。

滴水之恩　涌泉相报

　　一位哲人说过，感恩是极有教养的产物，你不可能从一般人身上得到。滴水之恩当涌泉相报，是我们追求的个人境界，也是我们赞赏的人际风气。一个懂得感恩的人总是可以穿越千年却不染风霜，一个欣赏滴水之恩涌泉相报的民族也一样可以绵延流长。幸运的是，我们中华民族就是这样一个追求感恩也欣赏感恩的民族。

　　秦穆公在秦国称霸的过程中付出了艰辛的努力，也取得了卓越的功勋。他广揽人才，先后任用百里奚、蹇叔、由余为谋臣；俘获晋惠公，协助晋文公归国，大大提升了秦国的地位，最终成为春秋五霸之一。

　　秦穆公的功绩当然是诸多因素综合而成的结果，这其中很重要的一条就是他宽广的胸襟。晋文公死后，秦穆公决心接替晋国去做中原的霸主。公元前628年冬，秦穆公不听劝谏，决定兴师征讨遥远的郑国，他拜孟明视为大将，西乞术、白乙丙为副将，结果劳师征远，无功而返。孟明视于归途中顺手灭了晋国的附属国滑国，抢了大量金银珠宝，结果行军至地势险绝的崤山地带，被早已埋伏在那里的晋军杀得丢盔弃甲，孟明视和西乞术、白乙丙同时被俘。后来，孟明视等人经多方营救回到秦国，秦穆公不但没有按照秦国法律治他们的罪，反而穿了丧服，亲自在城外迎候。他哭着对回来的将士承认自己的失误，主动承担了战争失败的全部责任。公元前625年，为报崤山之仇，秦穆公继续派孟明视、西乞术、白乙丙三位大将军率领四百辆兵车去攻打晋国。结果秦军又打了败仗，孟明视更觉得惭愧，无地自容，可是秦穆公再次免了他的罪，待之如初。公元前624年夏天，孟明视抱着视死如归的心情再次请求去攻打晋国，国民和士兵也感动于秦穆公的宽广胸怀，无不怀着必胜的信心出发，最终他们破釜沉舟，背水一战，打败了晋军。这就是历史上有名的"王官之战"。一位国君可以容忍一位将领的多少次失败，秦穆公给了我们很好的解答，这与历史上那些只问结果、不问过程的国君真是有天壤之别啊！

聂政，春秋战国时期的四大刺客之一，年轻时，因除害杀人，偕母及姊避祸齐地，以屠为业。韩国贵族严仲子与韩国宰相侠累之间因宫廷权利之争产生怨仇，严仲子怕侠累陷害于他，便逃亡他国，物色能够替他刺杀侠累的人。他选中了聂政。于是，严仲子主动结交聂政，多次登门拜访，并在聂政母亲生日当天奉上厚礼为其祝寿。聂政自然知道无功不受禄的道理，如此厚礼背后一定有重任所托，但此时他只能坚辞不受，并且告诉对方，他有老母需要奉养，有姐姐需要照顾，他的生命不属于自己，因此无法接受严仲子厚礼背后的托付。后来，聂政母亲去世，姐姐出嫁，聂政主动找到严仲子询问其所以以大夫之尊礼待自己的真实意图，当严仲子告之真相，聂政义不容辞地为其赶到韩国，潜入宰相府，刺死侠累。为不连累严仲子和出嫁的姐姐，他完成使命后自剖面皮，毁己容貌，然后自杀。

聂政的一生是光辉使命的一生，为报父母养育之恩，以屠为业，隐姓埋名；为护姐姐周全，本可以宣布为侠累之死负责，但他选择沉默；为报严仲子礼贤下士之情，不惜舍弃身家性命，抛头颅洒热血。为老母、为姐姐做出牺牲我们都可以理解，为贵族之间无关善恶是非的权利纷争，仅仅因为严仲子的屈尊下礼就抛却性命，我们不禁要追问：值得吗？对于将活着作为人生最高目标的人来说，生命的存在是至高无上的，为了活着无所不可；可是在另一部分人看来，生命的存在不仅仅是为了活着，还有更高远的价值选择，譬如，廉者不食嗟来之食的尊严，豫让两刺赵襄子的士为知己者死，聂政的选择应该也属此列，是对尊重的回应，也是对知己的报答，滴水之恩当涌泉相报，士为知己者死，孰不可乎？从世俗的角度想想，古代刺客谁还不是以身家性命奔赴他们名利的战场，或以卵击石，或玉石俱焚，死得可惜可叹；但从生命不朽的角度出发，死"或重于泰山，或轻于鸿毛"，以一己之躯在漫长的历史长河中留下自己的印迹，展示自己精神的光辉，他们死得可敬可慕。

袁盎，西汉大臣，个性刚直，有才干，以胆识与见解为汉文帝所赏识，也因为敢言直谏而触怒汉文帝，多次被外派地方。绛侯周勃诛灭吕氏有功，被文帝封为丞相。文帝对周勃非常恭敬，经常目送他下朝。周勃一介武夫不懂谦恭，因此甚为得意。袁盎问汉文帝："陛下认为丞相是怎样的人？"文帝回答说："丞相自然是匡扶社稷之臣。"袁盎陈说一番功臣与社稷之臣的区分，认为周勃只是功臣而非社稷之臣，他的成功只是顺势而为，并没有在国家危机开始之时挺身而出排吕后拥刘氏，而且周勃还时常有骄横欺主之色，毫无君臣之礼。为此汉文帝疏远了周勃，周勃因此怨恨袁盎，后来，周勃被罢相，遣回封地，有人告他谋反，朝中的王公大臣都不敢替他说情，只有袁盎申明周勃无罪。汉文帝后期宠爱慎夫人，一次，文帝到上林苑游玩，窦皇后、慎夫人跟从，郎署长布置座席的时候将窦皇后和慎夫人的座位平等摆放，袁盎故意把慎夫人的座位向后拉退了一些。慎夫人生气不肯就座，文帝也很生气。事后，袁盎劝谏文帝："臣闻尊卑有序则上下和。今陛下既已立后，慎夫人乃妾，妾主岂可与同坐哉！适所以失尊卑矣。且陛下幸之，即厚赐之。陛下所以为慎夫人，适所以祸之。陛下独不见'人彘'乎？"文帝一听非常高兴，并把袁盎的话告诉了慎夫人。慎夫人也非常感谢袁盎善意的提醒，赐金五十斤。

可就是这样一位通晓历史智慧、头脑清晰的名士，竟然卷入汉景帝立储之争，被刺身亡。当初景帝想立自己同母弟弟梁王刘武为储君以博得窦太后的欢心，袁盎得知消息后，直言劝谏，断绝了刘武的皇帝之路。刘武内心愤愤不平，接连派十几匹刺客前往刺杀袁盎。终于，袁盎死于刺客剑下。袁盎死得冤枉可惜，可是如果不是他曾经的一念之善，他应该早就命归黄泉了。汉景帝即位后，任命晁错为御史大夫，开始削弱诸侯王的势力。吴楚七国叛乱，袁盎与晁错素不睦，二人相互设计，最终汉景帝听信袁盎，杀死晁错妄图平息七国之乱。晁错被杀后，袁盎出使吴国，想劝吴王刘濞收兵。吴王刘濞谋反之意早已有之，怎么可能因为晁错之死而放弃皇帝之梦呢？于是吴王刘濞劝说袁盎为他所用，袁盎不肯。吴王便派一名都尉带领五百人把袁盎围困在军中，袁盎孤立无援。谁知围困袁盎的都尉，却变卖随身财物，灌醉了守城的士兵，冒险救出了袁盎。原来，这个都尉曾经是袁盎的从史，因与袁盎的婢女私通，畏罪潜逃。袁盎知道后不但没有处罚他，反而把婢女赐给了他。因此，当他看到围困的犯人就是自己的恩人的时候，义无反顾地做出了知恩图报的选择，舍弃名利前途。

顾荣，西晋名士，也是东晋创立的士族领袖，与纪瞻、贺循、闵鸿、薛兼并称"五俊"，后与陆机、陆云一同入洛阳，号称"洛阳三俊"。司马睿建立东晋后，对顾荣非常倚重，凡事与之商议。顾荣作为江南名士，又身居要职，喜欢延揽人才，因而甚得朝野敬重。顾荣雅致率性，与当时同样率性不拘、不满官场纷扰而发"莼鲈之思"的张翰相知相惜，但是在魏晋这样一个中国政治上最混乱、社会上最苦痛的时代，然而却是精神上极自由、极解放、最富于智慧、最浓于热情的一个时代，怀有正义之心的顾荣生活起来真的不易。

"八司马之乱"时，顾荣作为当时名士难以摆脱政权撕扯，因为担心自己被株连，只能终日醉酒掩人耳目。后时局稍稳，他就不再饮酒，但当有人问他为何"前醉而后醒"的时候，顾荣也只能再次拿起酒杯。喜欢喝酒的人拿起酒杯就会载歌载舞，可是对于一个只是以醉酒来逃避权力纷争的人来说，再次拿起的酒杯应该很沉重吧！顾荣就这样小心翼翼地活着。终于，西晋灭亡，顾荣随大批士大夫南迁，每当他遇到危险的时候，经常有一个人帮助他渡过难关，顾荣很困惑，就问此人为何要帮助自己。原来顾荣在洛阳的时候，曾经去朋友家赴宴，宴席之上他发觉有个上菜的人显露出对烤肉的渴求神色。于是，他就把自己的那份烤肉送给那个人吃了，同席的人都耻笑他这样做很傻，顾荣却说让人老是闻着烤肉的香味却从来没有吃到过真是很残忍的事情。顾荣真的很有同理心啊！也正是因为这种同理心，当顾荣深陷危境，曾经的善意长成参天大树给予他庇护，其源头竟然是几串小小的烤肉而已。滴水予人，竟可以拥抱江河啊！

滴水之恩当涌泉相报，中华民族从来就是一个知恩图报的民族，一个将信念置于生命之上的民族。

何以报怨

　　人生在世不如意事十有八九，不如意则不能无怨。何以报怨，不外乎：以怨报怨、以德报怨、以直报怨。以怨报怨者则不能无怨，怨则心为外物之奴隶；以德报怨者则必有圣人君子之胸怀气度，常人难以企及；以直报怨乃孔圣人为我辈所倡，直告不喜，如若不改，己亦不怒，恕之而已，恕则如其心也。近读《史记》，且思今人应当何以报怨。

　　例一，《史记·韩长儒列传》记载，韩安国为梁国中大夫时坐法抵罪，狱吏田甲折辱安国。安国怒而警之曰："死灰独不复然乎？"田甲回以："然即溺之。"后梁内史缺，汉武帝派使者拜安国为梁内史。田甲避难逃亡。韩安国以灭族之威追田甲，田甲归，韩安国笑曰："可溺矣！公等足与治乎？"卒善遇之。

　　此例似为"以德报怨"，实乃"以直报怨"也。狱吏折辱能无怨乎？若以怨报之，免其申辩，折辱、斩杀了之；若以德报之，"卒善遇之"之前，不须如此周折；正以直报之，则追回之、警戒之、善遇之，此乃示范田甲以及他人：不可任意妄为、随意植怨也。

　　例二，《史记·萧相国世家》记载，萧何素不与曹参相睦，后萧何病，汉惠帝问他丞相的推荐人选，萧何说"知臣莫如主"，汉惠帝想选曹参，萧何一口答应。

　　《史记·曹相国世家》记载，曹参问汉惠帝："陛下观臣能孰与萧何贤？"上曰："君似不及也。"曹参便说惠帝言之有理，自己愿萧规曹随。

萧何与曹参年轻时相识，后因定功分封之事发生龃龉，怨不相交，然萧何临终以直报之；曹参亦能正视己之不如萧何，成就萧规曹随的政界佳话。孔子曰："匿怨而友其人，左丘明耻之，丘亦耻之。"正所谓怨则怨矣，毫不隐瞒，然以一颗公正之心行事，该如何则如何，便是"以直报怨"之痛快哉！

例三，汉代李广在隐居时，有一天夜间与人在乡下饮酒，回来在霸陵驿亭却遭到醉酒的霸陵尉的阻挠通行。李广的随从告之曰此为前任李将军，亭尉却说现任的将军尚不能夜行，何况前任，让李广住在亭下。不久，汉武帝拜李广为右北平太守，李广请霸陵尉同去，到军中就把他斩首了。

例四，《史记·淮阴侯列传》记载："淮阴屠中少年有侮信者，曰：'若虽长大，好带刀剑，中情怯耳。'众辱之曰：'信能死，刺我；不能死，出我胯下。'于是信孰视之，俯出袴下，匍匐。一市人皆笑信，以为怯。"

胯下之辱，妇孺皆知。当此之时非怯耳，值不值也。后韩信为大将军未为难该屠者，反任为己之中尉，实乃"以德报怨"之典范也，千年之下让人仰望其风采。后韩信亦未能避免兔死狗烹的命运，皆因功高盖主，此与李广又不同耳。

以怨报怨者，终落愁怨圈子中，冤冤相报何时了，害人害己自不待言。以德报怨者用爱来征服自己的私心，用爱来感化世界。此种境界，当穷极一生努力追求之。若不然，我们何不采用以直报怨的态度正视心中怨怨，且容他、随他、避他，以一颗公心待他，有机会再教他。当我们在工作中受到他人的不公正对待，且不要以牙还牙、以眼还眼；若不能以大爱化敌为友，请思索以恰当的途径和方式告知对方你的感受，若其不改，且宽恕之，做好自己，勿为怒气所奴役。

取与舍的智慧

　　相传，古希腊哲学家苏格拉底被弟子请教如何可以找到理想的伴侣。苏格拉底不愧是"思想的助产士"，他将弟子领到一片麦田旁，让他们从一侧走到另一侧，在不能回头的情况下选摘一只最大的麦穗。弟子们有的迫不及待地过早捡拾，结果后面只有后悔相伴；有的左顾右盼、犹豫不决，走到尽头也无法做出抉择，最终只能空留遗憾；有的在前期进行合理的分析比较，在后期做出了正确的判断，选择了自己满意的大麦穗。其实，选麦穗需要智慧，选伴侣需要智慧，人生何处不需要做出智慧的选择呢？从某个角度上说，人生就是一场需要不断做出选择的历程。

　　很多人痴迷于权力。因此，儒家极力推崇尧、舜的禅让行为。作为部落联盟首领的尧一直困扰于继承人的问题，他问大臣放齐谁能治理好国家。放齐举荐尧的长子丹朱，丹朱智商很高，相传是中国围棋始祖，但其情商不尽如人意，其个性刚烈执拗，欠缺中和平正的政治智慧。尧也认识到丹朱"心既顽嚣，又好争讼"，因此不适合担当天下之主的责任通过多方考察，最终确定舜为最合适的继位人选。这是何等高尚的人生选择，相比较后世有些皇帝，为了自己的声色犬马而不断钻营，这还不满足，还要让子孙后代千秋万代，富贵绵延。可是纵观古今历史，有此种观念的却总也打不破"皇帝轮流做，今年落他家""富不过三代"的历史轮转，死于权利的"屠刀"之下。

　　管鲍之交的故事家喻户晓。对于鲍叔牙对自己的相知之情，管仲曾经感慨："生我者父母，知我者鲍子也。"但当管仲将死，齐桓公提议将相国之位传给鲍叔牙时，管仲却指出鲍叔牙性格太过刚直，不适合做宰相。有小人将管仲的反对意见故意传给鲍叔牙，本以为可以挑拨这对知己之间的关系，没想到鲍叔牙却认为管仲说得对，做得也对。每当读到此处内心深深为管鲍之间的信任所折服，只能感叹"管鲍之交"，名不虚传。后来齐桓公坚持让鲍叔牙做了宰相，结果鲍叔牙因为无法改变也不能容忍齐桓公对奸臣易牙、开方、竖刁的依恋和信任，终于抑郁而终。鲍叔牙在临终时如果想到当年管仲反对自己为相的一幕，他也一定会说："生我者父母，知我者管子也。""相濡以沫，不如相忘于江湖。"有些人适合在高位游走，为国计民生鞠躬尽瘁、死而后已，有些人只适合远在江湖修身齐家。如果不自知，所有人都往高位上挤，那么结果一定会很惨的。管仲深知鲍叔牙太过刚直，因此坚决不同意他任宰相，这也是另一种更深刻地爱护知己的表现吧。

"天下熙熙皆为利来，天下攘攘皆为利往。"多少人在名利场中迷失，但历史上也总有一些明智的人可以看透浮华背后的平淡，正确地选择是要短暂的富贵还是要长久的温饱。楚国令尹孙叔敖辅佐楚庄王成为春秋五霸之一，其幼时斩杀两头蛇掩埋以为后来人的故事也是妇孺皆知的，司马迁《史记·循吏列传》不吝笔墨地赞美孙叔敖"施教导民，上下和合，世俗盛美，政缓禁止，吏无奸邪，盗贼不起"。孙叔敖确实是一位拥有大智慧的人，他多次拒绝楚庄王的赏赐，至死家贫如洗。临终前，孙叔敖将几个儿子叫到跟前，告诉他们："我死之后，楚王如果念我的功劳封赏你们，一定会给你们一块肥沃的土地，但你们一定不能接受。你们不妨对大王说，把楚越之间那块有很多坟冢的土地赏赐给你们。这块地既贫瘠又有坟冢，有权有势的人都不会在意这块地，也就不会有人和你们去争抢了，而你们也就可以长久地依赖这块土地生存下去了。"

这就是孙叔敖独特的视角和深刻的智慧，众人皆以利未必是利，众人皆以非未必为非，肥沃的土地下也许有争名夺利的潜流。很多人都懂，但不是能懂的人都可以像孙叔敖一样舍弃肥沃选择贫瘠。但孙叔敖并不孤独，"难得糊涂"的郑板桥在历尽人生艰难坎坷后，临终教子："流自己的汗，吃自己的饭，自己的事情自己干，靠天靠地靠祖宗，不算是好汉。"林则徐写过一副很有名的对联："子孙若如我，留财做什么？贤而多财，则损其志；子孙不如我，留钱做什么？愚而多财，益增其过。"这些真正的智慧大师为后世子孙留下的宝贵财产不是肥沃的土地和闪烁的珠宝，而是厚德载物和勤劳传家的中华美德，面对如此闪耀的智慧我辈岂可不珍惜？

祁奚，字黄羊，春秋时晋国人。祁黄羊在历史上并没有卓绝功勋，却以一颗"公心"彪炳史册，其中最著名的典故就是"外举不避仇，内举不避子"。南阳这个地方空缺一个郡令，晋平公向祁黄羊咨询，祁黄羊推荐了他的杀父仇人解狐。晋平公很不理解："解狐不是你的仇人吗？"祁黄羊回答："您问的是谁可以做南阳令，没有问我的仇人是谁，我回答的也只是解狐适合做南阳令罢了。"晋平公于是启用解狐，晋国人都认为解狐被任命为南阳令非常恰当。过了不久，晋平公又问祁黄羊曰："中都尉空缺，谁可以接替这个职位呢？"祁黄羊推荐了自己的儿子祁午，晋平公说："祁午不是你的儿子吗？"祁黄羊回答："我回答的只是谁适合这一职位，而不是说谁是我的儿子。"晋平公于是启用了祁午，晋国人都称赞这种任命的正确性。一向以"仁"和"礼"评价人的孔子这样说："善哉，祁黄羊之论也！外举不避仇，内举不避子，祁黄羊可谓公矣。"

一个"公"字准确刻画出了祁黄羊的历史面貌。"栾盈之难"后，名臣叔向因被弟弟牵连而被范宣子囚禁，叔向希望祁黄羊为他主持公道。祁黄羊听说后不顾年老路远义不容辞地面见范宣子。范宣子最终赦免了叔向。祁黄羊事成之后"不见叔向而归"，叔向也知道祁黄羊是出于公心而帮助自己，因此也不谢祁黄羊而还。祁黄羊以公而无私的品格赢得了晋国君臣的赞誉，也获得了后世人的推崇和敬仰。孔子曾经说过"无欲则刚"，拥有一颗公心的人是最刚强不屈的。他们的脊梁很硬，他们播撒光明，他们才是大地上最大写的"人"啊。

旧领导离去，新领导到来，作为下属往往纠结如何处理新与旧之间的关系：旧领导希望他们人走茶不凉，下属的忠诚仍在；新领导要求下级着眼未来，同舟共济。其实评价下属是否合格或者优秀，看其是否忠于组织，其言行举止是否符合组织利益的最大化就足够了。如果只要求下属忠于自己就属于狭隘之举了。人是社会的动物，总免不了与不同的人相处，厚此薄彼在所难免，批评、赞誉也是少不了的，在厚薄毁誉之间有一颗公心则可畅行天下，成就坦荡君子矣。

范仲淹一生以"不为良相，便为良医"的人生理想指引自己为国强民富不懈努力，尽管屡遭打击，却衷心不改，"宁鸣而死，不默而生"，真正实践了"先天下之忧而忧，后先下之乐而乐"的誓言。庆历三年（1043年），宋仁宗意欲改变北宋朝廷疲敝的状态，任命范仲淹为参知政事主持改革，这就是历史上有名的"庆历新政"。范仲淹在改革期间特别重视人才的选拔任用，对冗官、昏官，他总是毫不留情地把其姓名从官簿中一笔勾去。他这种不留情面的做法，自然容易得罪人，很不符合封建时代的为官之道。对此，范仲淹的好朋友、同朝为官的富弼提醒说："你这一笔勾下去，肯定又惹得一家人哭泣！"范仲淹则回答说："一家人哭泣总比一个地区的人哭泣要好吧！"这就是所谓"救一路哭，不当复计一家哭"的故事。

范仲淹的选择也是有良知的领导的选择吧。北宋名臣张齐贤为相前后21年，对北宋初期政治、军事、外交各方面都做出了极大贡献。张齐贤任宰相后，很多身边的人都得到了升迁，有一位自觉有能力的仆人却多年没有得到任何官职。这个奴仆很不解，有次他找到机会跟张齐贤诉苦："我侍候您时间最长，比我后来的人都已经封官。您为何独独把我忘了呢？"说完他哭起来。张齐贤同情地说："我本来不想说，你既然这样怨我，那我只能说开了。你还记得我在江南宴请时，你偷盗银器的事吗？我将此事藏于心中近三十年不曾告诉他人。我现在居宰相之位，进退百官，志在激浊扬清，怎能推荐一个小偷做官呢？"事情发展到这个地步，张齐贤很周全地想到这个仆人不再适合继续在自己身边待下去，为了不让这个仆人尴尬，张齐贤给了他一笔钱，让他离开自谋出路去了。我们当然不提倡"一人得道，鸡犬升天"的做法，但身边有德有能的人确实可以"近水楼台先得月"地得到重用，但有能无德的人即使相处时间再长、感情再深也不能安排他去担任某一官职，在他手下工作或治下的百姓何其无辜啊！如果勉为其难地给有能无德的人升迁，所谓无德何以载物，终也是将他们推向毁灭的深渊，害人害己啊！

淮阴侯韩信的恩与怨

　　《史记·淮阴侯列传》记载，韩信年轻时，贫贱无操守，不能入仕途升官，也不会经商致富，经常到他人家蹭饭，因此，很多人都讨厌他。其中，他最常蹭饭的人家是下乡南昌亭长家，达数月之久。亭长妻子很头疼，于是改变吃饭时间，等到韩信来的时候他们已经吃完了。韩信也明白是怎么回事，很生气，以后再也不去了。

　　为了填饱肚子，韩信在城外钓鱼，河边有一群洗棉絮的妇女，其中一位妇女看到韩信饥饿的样子，就一连几十天把自己的饭分给韩信吃。韩信很高兴，对她说："我以后一定好好回报您。"她生气地回答："大丈夫连自己都养活不了，我可怜你才给你饭吃，难道还指望你报答吗！"

　　"天将降大任于韩信"，先要饿其体肤，后要乱其所为。一天，有一卖肉的年轻人拦住韩信，当众侮辱道："别看你长得又高又大，喜欢带刀带剑的，但在我看来你就是一个懦夫。你要是不怕死，就拿刀捅我；你要是怕死，就从我的裤裆底下钻过去。"韩信注视他良久，最终忍为胯下之辱。

　　后来，刘邦封韩信为楚王，韩信终于苦尽甘来，衣锦还乡，且看他如何对待这些曾经的恩人或仇人。

一

　　赐漂母千金，予亭长百钱。韩信在亭长家蹭饭"数月"，在漂母处分饭亦有"数十日"，时日相当，但韩信所赠钱数悬殊。韩信理由如下：亭长被动蹭食，漂母主动分饭，主动性上高下悬殊；亭长身处高位，理应扶贫济困；漂母身处贫贱，没有义务救济他人，道德境界高下不同；亭长改动吃饭时间，弄虚作假、有意欺瞒，漂母因工作结束不再分饭光明正大、合情合理。

二

亭长，小人也；少年，壮士也。面对蹭食数月的亭长，韩信的评价是："公，小人也。"面对辱己出胯下的少年，韩信反而说："此壮士也。"难道屠中少年的当众折辱还不如亭长的蹭食不终更令人难堪吗？韩信理由如下：亭长年长有智识，当怜我护我；屠中少年年轻无阅历，可辱我污我。

亭长既为当地官吏，又有妻室，应该比当屠夫的少年更值得韩信信任，因此，当韩信付出信任而收获的却是厌烦和欺瞒时，他的表现是"怒，竟绝去"。而对于屠中少年对他的伤害，因为韩信自己从没有对少年施予爱和信任，因此，也不会产生对等的强烈的恨。

这让我们想起了晏子和越石父的故事，《史记·管晏列传》记载，越石父是个贤才，相国晏子外出，解救其于囚禁之中。晏子载其到家后，没有向越石父告辞，就走进内室，久之未出，越石父当即请求与晏子绝交。晏子惊讶："我即使算不上贤良宽厚，也算是帮助您从困境中解脱出来，您为什么要与我绝交呢？"越石父说："不是这样的，我所说的是君子在不了解自己的人那里受到委屈，而在知己面前却可以被理解。我被囚禁时，那些人不了解我。您既然已受了感动而醒悟，把我赎出来，这就是了解我；了解我却不能以礼相待，还不如在囚禁中。"不知者无罪，应知而不知则怨恨生，韩信对亭长和屠中少年的恩怨行迹可为例证。

三

杀之无名的效益权衡与俯视众生的优势心理。功成名就的韩信针对胯下之辱一事，杀与不杀皆因于名有益或无益，所以，受辱之时不能杀之，因为于名无益，而功成名就之后，杀之亦无益于名。因此，韩信不但不杀屠中少年，还让他做了中尉，向世人宣告他的宽宏大量。

但韩信心中真的毫无芥蒂吗？当然不是。韩信就是要警示屠中少年："不仅今天我能杀你而不杀，就是当年我也能杀你，你不值得我杀罢了。"正是韩信对名声的珍爱和胜利者的优势心理让他做出了如上的选择。

但若没有这种优势心理，则事情的发展就可能是反方向的。三国官渡之战前夕，谋士田丰数次进谏袁绍，袁绍不但不听，反而认为田丰是在涣散军心，把他囚禁起来。袁绍果然大败而归，有人对田丰说："先生真有远见，袁绍一定会对您加以重用。"田丰说："袁绍心胸狭窄，他如果取胜，我还能活；现在他打了败仗，我恐怕活不成了。"果然，袁绍回来后害怕田丰耻笑于他，便将田丰杀害了。

胜利者易于感激过去的苦难，易于宽容曾经的"小人"；失败者则会对过去的折辱耿耿于怀而无法自拔。韩信当然属于前者，所以他宽容了屠中少年，但也向我们展示了他的不杀之"杀"。

举荐中的恩恩怨怨

　　战国时，魏文侯雄才大略，求贤若渴，礼贤下士，身边聚集了一批贤达之士：吴起、西门豹、子夏、田子方、段干木、翟璜，等等。他富国强兵，改革弊政，开拓大片疆土，使魏国一跃为中原霸主。这其中，最陌生的名字可能是翟璜了，却是翟璜这个聪明人为魏文侯推荐吴起镇守西河以抵御秦国，推荐西门豹为邺令以防备赵国，推荐乐羊终灭中山国，推荐李悝改革变法。正是有了贤才的辅佐才有了魏国的崛起。这其中，推荐乐羊最能体现翟璜的胸怀。乐羊一开始是翟璜的门客，后来，魏文侯出于战略考虑想要攻占中山国，翟璜适时地举荐了乐羊。但其实当时乐羊之子乐舒是中山国的将领，而且曾杀死翟璜之子翟靖。在那个父债子还、子债父还的时代，翟璜不计恩怨，力保乐羊，既有知人之明，也有一颗浓浓的爱国之心啊。

　　魏文侯去世之后，魏武侯继位，任命田文做宰相，田文去世后，公叔痤担任了魏国相国。公叔痤因为嫉妒吴起的才能，设计把吴起排挤出魏国。后来吴起到了楚国，受到楚悼王的重用，变法图强，极大地冲击了魏国的霸主地位。当魏军与楚国交锋而逃的时候，不知道公叔痤心中有何感想。公叔痤身边有一个名叫公孙鞅的中庶子，贯古通今。公叔痤颇为欣赏他的才能，却迟迟不肯将之推荐给国君，直到临死之前，魏惠王问及后事，他才郑重其事地将公孙鞅推介给国君，但因为国君对公孙鞅的才能知之甚少，自然无法将国家大事交付给一个名不见经传的毛头小子。后来这个公孙鞅到了秦国，在秦国实施变法，后来他就有了一个更响亮的名字——商鞅。秦国的崛起，商鞅变法是最直接的原因，正是因为公叔痤的一己之私念，害怕公孙鞅过早地崭露头角，影响自己的地位。正是公叔痤的狭隘自私为自己国家输送了有力的掘墓人。

《史记·孙膑列传》记载，孙膑是孙武的后代，著有《孙膑兵法》，很多有趣的成语故事与他有关。譬如，田忌赛马、围魏救赵，当然还有马陵道杀庞涓的故事流传至今。据说孙膑与庞涓师从智谋大师鬼谷子学兵法。庞涓意欲建功立业，先于孙膑出山事魏，为魏惠王将军，庞涓南征北战，战功赫赫，在魏国深受国君器重，地位一时无两。后孙膑学成，在庞涓的邀请之下亦至魏国，庞涓之所以邀请孙膑来到自己身边应该是害怕自己的老同学成为敌国的将领，自己更无法掌控。孙膑在魏国因为才华出众，逐步为魏王所重。自以为才能不及孙膑的庞涓，恐孙膑贤于己。在嫉妒心的驱使之下，他一方面设计断孙膑两足并黥其面，一方面打算诱骗孙膑将自己所学整理成集，然后再将孙膑杀死，其心肠之狠毒不可谓不触目惊心。幸运的是，后来孙膑凭借自己的智谋以及齐国使者的帮助成功逃出魏国，得到齐威王的重用，终以卓越的军事才能致使庞涓走投无路，自刎而死。孙膑终于报了庞涓当年残害自己的大仇，心中是喜还是悲呢？喜是自然的，当年庞涓害得自己那么惨，有仇不报非君子；但其中就没有悲凉的感情吗？庞涓的举荐在老同学的面纱下何其鲜血淋漓。

相较于拼得你死我活的孙膑与庞涓，苏秦和张仪的相处就幸福得多了。苏秦和张仪师从鬼谷子学习权术，苏秦自以为不及张仪。苏秦年长于张仪，亦先于张仪成名于天下。后来张仪游说诸侯无甚成就，受尽侮辱。有一次他陪着楚国国相喝酒，期间，相府内丢失了一块玉璧，在找不到线索的情况下，门客们进行了有趣的推理曰"张仪家最贫穷，品行也不好"，因此断定是张仪偷去了宰相的玉璧。张仪被拘捕拷打了几百下，可始终不承认，最后只好释放了张仪。张仪的妻子又悲又疼地说："唉！您要是在家里老老实实待着干点本分的事情，怎么会受到这样的差辱呢？"张仪看着妻子说："你看看我的舌头还在不在？"他的妻子笑了，这是打傻了不成，打的是身体，舌头怎么会不在？张仪说："舌头在，我的荣华富贵就在！"这应该就是"舌上富贵"的故事吧！当此情形之下，有人提议让他去投奔正在飞黄腾达的老同学苏秦，或可以得其帮助谋一出路。于是张仪前去拜见苏秦，结果老同学苏秦将接见张仪的时间一拖再拖，而真正接见时又让其坐于堂下与仆人婢女一同进食，并且苏秦还当面毫不客气地数落他一通："以你的才能，竟然穷困潦倒到这种地步。我不是不能为你说情、为你谋求富贵，是你不值得我这样做罢了。"张仪本是一腔热血投奔老同学而来，没想到不但没有得到同情和帮助，反而受到如此奚落，是可忍、孰不可忍。张仪想，苏秦的富贵乃是赵王所赐，当今天下可以限制赵王的就是秦国了，于是入秦谋发展。

然而，张仪极贫，无资财可以通达上听，这时有人竟愿意无条件地资助他，张仪自是感激万分。张仪终于见到了秦惠王，金子终于等来了发光的机会。不出所料，张仪深得秦惠王的重用。正当张仪打算回报资助者时，资助者却提出要离开他。张仪不解。资助者告诉张仪，其实资助他的不是自己而是苏秦，而前面苏秦之所以要羞辱张仪，也是故意为之，目的在于激起张仪的不屈之情。张仪终于不负老同学所望，终苏秦在世，秦国在张仪的主持之下不去主动攻击赵国，以使苏秦的合纵之术得以维持。苏秦在同学张仪身上可谓用心良苦：己欲立而立人，己欲达而达人。张仪的富贵得益于苏秦的激励，而苏秦的富贵得益于张仪的配合。

南北战争结束后，林肯总统抛弃党派成见任用很多南方人士担任新组建政府的要职，有人批评林肯为什么不去消灭他的敌人，林肯温和地说："难道我不是在消灭我的敌人吗？特别是当我使他们变成朋友的时候。"是啊，消灭敌人最好的办法是将之变成朋友。那么，老同学之间呢？当我们意识到自己某方面的才能不及他人时，何不学学苏秦将之变为自己的同盟、与之下一盘双赢的棋呢？赠人玫瑰，手留余香。以宽广的胸怀待人处事，终会赢得掌声和鲜花，以卑劣的方式对待他人，总不免跌入人生悔恨之途。

历史上那些谦让王位的人们

　　今河北省行唐县有一村庄，名为许由村，据当地县志记载，该村为许由的故里。许由何许人也？许由是唐尧时的贤人，名声之大，上至天子、下至百姓，无人不知、无人不晓。尧的年龄大了，儿子丹朱不足以担当天下重任，于是遍访贤人以托天下。尧找到许由欲托天下，许由逃到箕山脚下，以示不堪所托；尧帝又欲让他负责九州事务，许由听到后竟然跑到颖水边去洗耳，表示这些世俗的浊言玷污了自己的耳朵。后世把许由和当时的隐士巢父，并称为巢由或巢许，借指隐居不仕之人。战国时代的思想家荀子称赞："许由善卷。重义轻利行显明。"《晋书》赞云："昔许由让天子之贵，市道小人争半钱之利。"谁人不会被名利所诱惑？许由实在是修行至高之人啊，弃天下如敝屣，存本真如珠玉，贤人哉，许由！

　　据《史记》记载，伯夷、叔齐是孤竹君的两个儿子，从名字和现实情况推测，伯夷应该是老大，叔齐应该是老三。孤竹国是商朝初年建立的诸侯封国，孤竹国国君喜欢叔齐，想立叔齐为自己的继承人。商朝的王位继承制经历了"兄终弟及"和嫡长继承制的演变，但无论从前者还是后者，伯夷都应该是王位的第一继承人。等到孤竹国国君去世之后，伯夷主动放弃了王位的继承权，希望通过自己的牺牲满足父亲让叔齐继位的心愿，于是伯夷就偷偷离开了孤竹国。而老三叔齐看到哥哥做出的选择，认为哥哥的道德情操如此之高，国家应该由哥哥来管理，于是叔齐也离开了孤竹国。后来二人在出走的路上相遇，就一起前往周部落投奔姬昌。结果，当他们到达周部落的时候，姬昌已死，儿子姬发继位，正在发动对商王朝的征讨战争。二人叩马而谏，反对姬发的征讨行为，进谏自然没有成功。二人发誓不食周粟而死于首阳山。据传，二人临死前唱了一曲《采薇歌》，表达了他们对权力征伐的反对和对自由安适生活的向往。伯夷、叔齐品性至高，却落得饿死的下场。他们心中有怨吗？孔子说他们"不念旧恶，怨是用希"，求仁得仁，又怎么会有怨恨？

伯夷、叔齐的让位行为与吴国的开创者泰伯、仲雍的行为何其相似！古公亶父，上古周部落的领袖，周王朝的奠基人，周文王姬昌的祖父，又称周太王，因其求贤若渴，渴望天下贤才尽数归来，所以当周文王得到在江边钓鱼的贤才姜尚时，喜出望外，认为姜尚就是自己的祖父周太王一直渴盼的人才，因此称之为太公望。古公亶父生有三个儿子，泰伯排行老大，其次是仲雍和季历。季历贤明，子姬昌尤其贤明，古公亶父有意传位于季历，然后传给自己特别中意的姬昌。泰伯、仲雍知晓了父亲的愿望，于是就跑到南方的荒蛮之地，文身断发以表示自己再也无法继承父亲的君位。泰伯与仲雍避位荆蛮后，定居梅里（今江苏无锡梅村），当地人民认为泰伯高义，纷纷追随和归附泰伯。他们拥立泰伯为君主，尊称他为吴泰伯。慢慢地，吴国就在中华大地上出现了。历史好像将相似的剧目在不同的时间和地点重新演绎，同样的源于父亲的意愿，同样的悄悄离开，同样的仁孝情怀，同样的对于君位的谦让，让司马迁感动，吴太伯为"世家"第一篇，也让后人感动。

对于喜欢历史的朋友，宋襄公的故事应该不会太陌生吧！有人认为他是春秋五霸之一，齐桓公死后，面对齐国内乱，宋襄公率领曹卫等国来到齐国，成功地拥立齐孝公继位并助其稳定了齐国之乱，完成了齐桓公曾经的嘱托。宋襄公因此声名鹊起，霸主之形初现。有人不承认他的霸主地位，拥护宋襄公的人的范围太窄，与南方的楚国争霸，一度为楚国所困；在为救郑国而与楚国展开的泓水之战中，宋襄公太过"仁义"，当然有人认为他那是迂腐，坚持"不鼓不成列""不擒二毛""不重伤"，导致宋军大败，自己也受重伤。读到此处，开始的时候我们会笑，笑过之后呢？是不是眼里会涌出泪水，笑宋襄公的迂腐，也哭他的迂腐。历史的列车已经裹挟着贵族精神远去，在当时那个阴谋和狡诈横行的时代，有贵族精神的人不就只能被人们耻笑吗？宋襄公的"迂腐"和高贵不止于此。宋襄公名兹甫，他还有一个庶出的哥哥，名为目夷。按照当时盛行的嫡长子继承制，兹甫本应是继位之人，但兹甫在父亲宋桓公病重时恳求把太子之位让给哥哥目夷，宋桓公把兹甫的想法告诉了目夷，目夷听后却不肯接受太子之位。为了躲避兹甫的让贤，目夷逃到了卫国。兹甫没有办法，只好继位，成为宋襄公。历史老人好像睡着了一样，没有看到宋襄公的谦让，而只看到了他的自大，于是就让他成为历史的笑谈，仁者称其仁，智者非其迂。

自宋襄公之后历史又过去了一百多年，在吴太伯和仲雍建立的吴国土地上，出现了一位继承先祖谦让之风的季札。这位季札可是大名鼎鼎，他是吴王寿梦的小儿子、孔子的老师。相传季札出使齐国，返回途中长子去世，孔子主动前去观看过葬礼，时人称"南季北孔"，历史上南方第一位儒学大师，被称为"南方第一圣人"。他对当时的政治、音乐等有独到的见解，是先秦伟大的美学家和艺术评论家，"季札赠剑"的故事妇孺皆知。吴王寿梦有四子，四个儿子当中，以季札最贤德，所以寿梦一心传位给他。季札的德行和才干也赢得了兄长的认可，争相拥戴他即位，但是季札坚决不肯接受。为了表明自己的决心，季札退隐于山水之间，躬耕劳作，最终彻底打消了哥哥以及吴国人立他为君的念头。大哥诸樊临终依然念念不忘弟弟季札，他决定采用"兄终弟及"的王位继承制，将王位依次传给几位弟弟，这样季札最终会成为吴国国君，以满先王寿梦生前的遗愿。于是吴王夷昧临终前，要把王位传给季札，但又被季札拒绝了。季札再度归隐，以表明自己坚定的决心。吴王夷昧去世，其子僚继位，大哥诸樊的儿子阖闾不满如此的王位继承制度，意欲夺取王位，于是历史上演了"专诸刺王僚"和"要离刺庆忌"的刺杀大剧。为了权力，骨肉相残，于是多了一些冤死的人。季札是阖闾的叔叔，不知道阖闾在做这一切的时候，叔叔的音容笑貌有没有浮现在他眼前？

随着阖闾掀起的刺杀行动，谦虚让国的行为也好似宣告结束了，后世的开国皇帝也会对臣下推举自己上位的呼声一再谦让，但这种谦让只是虚情假意的表演，是礼仪的需要，是帝王的作秀，秀给大众瞧。历史上那些谦让王位的人们已经远去了，那一个个鲜活的故事也成为美丽的记忆，但那懂进退、知盈虚的精神万古长青、世代流传。

那些聪明的少年天子

　　中国古人往往少年老成，甘罗十二岁官拜上卿，秦舞阳十二岁手刃强盗，孔融四岁让梨，王粲过目不忘，《世说新语》中所记载的早慧儿童更是让人叹为观止。聪明的儿童不仅出现在民间，帝王之家也屡见不鲜。

　　汉昭帝刘弗陵是汉武大帝刘彻的小儿子，据说他和上古的尧帝一样都是其母怀胎十四月而生。刘彻看到刘弗陵聪明伶俐、身体壮硕，特别像曾经的自己，就下定了立他为继承人的决心。为防止吕后之祸，刘彻将刘弗陵的生母钩弋夫人赐死，五六岁的刘弗陵从此失去了自己的亲生母亲。如果按照刘彻的观察，刘弗陵一出生就很强壮，可是他登上皇帝之位后年仅二十一岁就去世了。

　　被刘彻寄予厚望的刘弗陵确实很聪明。刘彻临终前下诏大司马霍光、车骑将军金日磾、左将军上官桀、御史大夫桑弘羊等共同辅佐少主。在权力面前能够保持冷静的人寥寥无几。不久之后，辅政大臣之间的矛盾渐渐显现出来。汉昭帝十二岁时，需要立后，上官桀的儿子上官安打算让自己六岁的女儿入主后宫，尽管这个上官安的女儿也是霍光的外孙女，但是霍光还是投了反对票。于是上官家族就联合同样因为谋取家族利益而被霍光拒绝的御史大夫桑弘羊以及怀有私心的刘弗陵的大姐鄂邑长公主，试图谋杀霍光并废除刘弗陵，拥立刘弗陵的哥哥燕王刘旦为皇帝。

　　汉昭帝刘弗陵十四岁时，上官桀、燕王刘旦等人经过一段时间的准备工作，终于开始行动了。他们以燕王刘旦的名义上书说："霍光意图谋反，正在京城调集检阅军队，他试图利用苏武的影响力借势匈奴兵力，还积极调动自己手下兵力。"为了防止所谓的奸臣叛乱，燕王刘旦请求入朝宿卫。可当汉昭帝看了燕王刘旦的书信之后，没有任何激烈的反应。次日早朝如期举行，当汉昭帝刘弗陵发现朝堂之上没有霍光的身影时就询问左右，上官桀乘机回答："因为霍光惧怕燕王告发的他的罪状，所以不敢来上朝了。"汉昭帝宣霍光觐见，霍光叩头自责。汉昭帝却坚定地认为霍光无罪："将军冠。朕知是书诈也，将军亡罪。"霍光感到很惊讶，汉昭帝说，如果要调动所属兵力造反，时间不会超过十天，这么短的时间燕王刘旦远在外地，他怎么会知道？况且，如果真的要反，也没有必要如此大动干戈！上官桀等人精心准备了那么久的阴谋被年仅十四岁的汉昭帝一语道破，世人无不为汉昭帝的聪明善断表示叹服。因为汉昭帝的聪慧，霍光的辅政地位稳固了，汉昭帝自己的皇帝宝座也坐稳了。十四岁的少年天子无师自通地挫败了老谋深算的当朝权臣，看来汉武帝的眼光还真是挺准的。史学家司马光感叹："以孝昭之明，十四而知上官桀之诈，固可以亲政矣。"宋人洪迈《容斋随笔》记载："汉昭帝年十四，能察霍光之忠，知燕王上书之诈，诛桑弘羊、上官桀，后世称其明。"

吴少帝孙亮，三国时期孙吴的第二位皇帝，是孙权最小的儿子，加之聪明伶俐，因此被孙权确立为继承人，十岁登基为帝，十五岁亲政，十六岁被废，十八岁死于非命。

由于孙权晚年的独断专行、阴狠猜忌，孙亮接手时的吴国政权已经是千疮百孔：先是诸葛恪独揽大权，无视孙亮的存在；后来，孙亮借助孙峻的力量除掉诸葛恪，结果孙峻又凭借自己除掉诸葛恪的功劳而骄奢蛮横。孙峻病逝后，吴国政权由他的弟弟孙綝接管，孙亮不满做傀儡皇帝，设计抓捕孙綝，结果因为手下人做事不周密，事情泄露，反被孙綝反制，先是被废，后被害。

孙亮是聪明的，可惜生在日薄西山的孙吴政权，否则有望成为一代睿智之主。据晋代胡冲所撰《吴历》记载，孙綝专权初期，孙亮大约十五岁。孙亮的工作就是书写孙綝的授意并传达下去。闲来无事，孙亮来到后花园，想吃梅子，于是让黄门郎去府库取蜂蜜腌渍梅子。结果黄门郎取来的蜂蜜里竟然有老鼠屎，于是召来管仓库的官吏，管仓库的官吏叩头谢罪。孙亮不慌不忙地问官吏："黄门郎以前曾经向你要过蜂蜜吗？"官吏回答："他以前要过，但因为不合规矩所以我就没给。"黄门郎辩解说管仓库的官吏诬陷自己，双方各执己见，有人就建议让狱吏来调查这件事情。孙亮却说这件事情其实很容易知道真相，他让人破开老鼠屎，老鼠屎里面是干燥的。孙亮笑着对身边的大臣说："如果老鼠屎以前一直是在蜂蜜中的，那么它一定是里外都被蜂蜜浸润的，但现在外面是湿的，里面还是干燥的。毫无疑问，这一定是黄门郎为了一己私怨陷害管仓库的官吏而故意在拿到蜂蜜以后又将老鼠屎放在蜂蜜里面的。"面对孙亮的分析，黄门郎心服口服，俯首认罪，近臣左右都惊讶于孙亮的神推理。可惜的是，孙亮空有聪明才智，却没有一个支点可以撬动孙权留下的这个渐入深渊的吴国政权。恰如陈寿在《三国志》中所言："孙亮童孺而无贤辅，其替位不终，必然之势也。"小说家罗贯中亦有此叹："乱贼诬伊尹，奸臣充霍光。可怜聪明主，不得莅朝堂。"

晋明帝司马绍是东晋王朝第二位皇帝，自幼聪明，深受父亲晋元帝司马睿的喜爱，工书善画，礼贤下士，且为人孝顺，聪明有机断。司马绍的聪慧是举世皆知的，史书中记载过这样一个故事。司马绍幼年时期，坐在父亲晋元帝膝上。有人从长安来，元帝询问北方的情况，追思往事，不禁潸然泪下。司马绍问父亲为何哭泣，晋元帝把当年西晋灭亡、皇室东渡的往事告诉了他。晋元帝接着问司马绍："你认为长安和太阳哪个离我们远啊？"司马绍回答："当然是太阳远。来访的人四面八方都有，唯独没听说有人来自太阳，由此可知。"晋元帝听了很新奇。第二天，朝臣集会，作为父亲的晋元帝自然想炫耀一下自己儿子的聪明，于是，当着众臣的面又问了司马绍同样的问题，结果司马绍回答："太阳近。"晋元帝大惊失色："你怎么跟昨天的回答不一样了呢？"司马绍不慌不忙地答道："举目见日，不见长安。"

司马绍不仅聪慧了得，勇猛也为世人称颂，一心谋反的王敦以"黄须鲜卑奴"称之，司马绍以其智谋才略，制衡权臣，平叛王敦之乱，使南方的经济、政治环境得到稳定发展。可惜天不假年，正当他大展宏图之际，却英年早逝，年仅二十七岁。司马绍曾经向丞相王导询问自己祖先得天下的经过，在门阀士族实力足以与皇权抗衡的时代，保留有士大夫气场的王导直言不讳地将司马懿、司马昭不光彩的创业过程以及如何杀害忠良和魏帝曹髦的往事和盘托出，司马绍听后，非常惭愧，伏床痛哭："若如公言，祚安得长？"有望中兴晋朝的司马绍英年早逝，是否与羞愧于自己祖先不光彩的过往有关？祖先的罪恶会不会成为有良知的后代的心理阴影并时时折磨而使之不得解脱呢？

大名鼎鼎的康熙帝，是清朝第四位皇帝和清军入关后第二位皇帝。他八岁登基，十四岁亲政，在位六十一年，是中国历史上在位时间最长的皇帝。他励精图治，平定三藩之乱，取得雅克萨之战的胜利，创立了多伦会盟，以盟约取代战争，三征准噶尔而大获全胜，统一宝岛台湾，终于开创出康乾盛世的局面，被尊为"千古一帝"。

康熙聪明好学，勤勉不倦，读书每至深夜，劳累过度而咳血方才休息。父亲顺治皇帝突然去世，年仅八岁的康熙在四位辅政大臣的辅佐之下登上帝位。有权力的地方就有江湖，四大臣之间相互攻伐、斗法，最后极具权力欲的鳌拜独揽大权，独断专行。幼时的康熙实际上成了鳌拜手中的木偶，有名无实。面对此种情况，康熙沉着应对。他借着少年爱玩的天性，召集一群少年侍卫在宫中玩摔跤游戏，用以训练擒拿高手。时机成熟后，就利用鳌拜单独觐见的机会，以这群少年侍卫之力制服了拥有"满洲第一勇士"之称的鳌拜。康熙聪明好学，将以柔克刚、以弱胜强的中国智慧运用到了极致。

这些聪明的少年天子，以其聪慧的大脑在历史上留下了深深的印痕，同样的才华、不同的命运，有的英年早逝，有的死于非命，有的得终天年。如孔子所言，凡事要尽人事而听天命，此言不虚啊。

在其位　明其责　谋其政

　　孔子曾经说过，不在其位不谋其政。其完整的意思应该是人需要先将自己的本职工作做好，不要瞎操心、乱操心，去管人家的事。其实在现实生活中，有些人自己的工作没做好，反而对别人的工作指指点点。而你真让他去负责他所指责的那项工作，他也未必做得多么出色。我们还经常说，当局者迷，旁观者清。这种说法其实存在一部分自负的因素，以外行指挥内行，所谓的"清"也可能只是自己认为的"清"吧。人要在社会中成为一个独立而被人尊重的人，首先要做好自己的本职工作，而要做好自己的本职工作，就要认清自己工作的职责，该干什么，不该干什么。

　　刘邦去世以后，吕后专权。吕后去世后，太尉周勃与丞相陈平设计铲平诸吕之乱，拨乱反正，迎代王刘恒继位，是为汉文帝。汉文帝即位不久，就开始熟悉国家大事。一天，汉文帝问右丞相周勃天下一年判案有多少，周勃谢罪说不知道。汉文帝又问全国一年钱粮开支收入有多少，周勃又谢罪说不知道，这时候周勃已经汗流浃背、惭愧非常了。汉文帝一看右丞相一问三不知，于是就问左丞相陈平，陈平回答："这种事情可以问主管的人。"汉文帝："问主管的人是谁？"陈平回答："陛下如果问判案情况可以问廷尉，如果问钱粮收支可以问治粟内史。"汉文帝很不解地问："各部门各司其职，那你作为丞相是干什么的？"陈平回答："陛下不以臣鄙陋，委臣以丞相一职，作为丞相，对上协助天子调理阴阳，理顺四时，对下养育万物适时生长，对外镇抚四夷平稳诸侯，对内爱护百姓团结民众，使公卿大夫各自胜任他们的职责。"汉文帝听后，大加赞赏。周勃很惭愧，责怪陈平平时怎么不教教他如何应对皇帝之问。陈平感到很好笑：这怎么还需要人教？你是右丞相难道不应该知道自己作为右丞相的职责是什么吗？居其位，谋其责，责任都不清楚，如何能将工作做得好！

其实，周勃与陈平做丞相的水平不同，从他们自小的志向中就可以看出。周勃是汉高祖刘邦的老乡，以编织养蚕的器具为生，也常为有丧事的人家做吹鼓手，后来又做了拉强弓的勇士。如果没有秦末天下大乱，没有参与刘邦的起义队伍，可能周勃的人生也就这样平淡无奇地度过了，周勃从未考虑过自己可能成为宰相，也未为丞相之职做好充分的思想和学识准备。他自然无法回答丞相应该干什么，至于怎么干就更难说清楚了。

陈平则不同，少有大志，尽管家贫，却喜欢读书，不甘于贫贱，四处游学，结交有识之士。曾经乡里举行祭祀，陈平为主持割肉的人分肉食且非常公平，让所有人都很满意。父老乡亲们都说："陈家那个孩子真是适合做分割祭肉的人啊！"陈平却说："唉，假使让我陈平主宰天下，也会像这次分肉一样呢！"可见，陈平一直在为主宰天下的梦想而努力打拼，做好充分的准备，一旦机会来临，自然光彩立现。那么让一个用一生准备做丞相的人回答丞相应该做什么，不是太过简单的事情吗？

丙吉是西汉著名的丞相之一，他用自己的善良和智谋保护受"巫蛊之祸"牵连而备受煎熬的太子刘据尚在襁褓之中的儿子刘询，挑选谨慎厚道的女囚喂养刘询。刘询小时多病，多次命在旦夕，都是丙吉多方寻医问药将之救活。更有甚者，丙吉顶着汉武帝诏命的压力拖延杀死刘询的时间，最终等到汉武帝大赦天下。如此功劳，当刘询登位成为汉宣帝，丙吉却将自己的功劳深埋心中，如果不是有人邀功而需要丙吉出面证明，可能这段温暖的历史故事将不会流传后世。丙吉真是仁义之人啊。后来，丙吉接替魏相担任丞相，也总是宽厚待人，深得手下人的爱戴。一次丙吉外出，恰好碰到有人在路上斗殴，死伤之人躺在路边，然而，丙吉却不闻不问，驱车而去。手下人感到很纳闷：这不符合丙吉一向的仁爱形象啊？丙吉继续前行，碰到有老农驱车赶牛。老牛步履蹒跚、气喘吁吁，一边走一边热得直吐舌头，丙吉向老农询问老牛气喘吁吁的原因所在，当丙吉了解到老牛之所以如此是因为赶路着急所致之后，丙吉让老农继续赶路，自己也如释重负地走了。

丙吉手下的属官很不理解，曾经孔子家里马厩失火，孔子先问人有没有受伤，而没有先问当时非常重要的战略物资——马的情况，从而为我们留下了"问人不问马"的典故。怎么丙吉的表现却与孔子截然不同呢？属官们对丙吉的做法很不认同，认为他应该询问人打架的原因而不应该询问牛喘息的原因，有人甚至讥讽丙吉，说他做得太过分了。丙吉听到后解释说，打架斗殴的事情自然有当地官员管理，作为丞相只需进行考评问责就要可以了，如果自己事无巨细、亲力亲为，往往是累死也管理不好国家，譬如你是校长，就不要去清理脏乱差的厕所，只要找到总务主任让他负责即可。人的精力总是有限的，明确自身职责，选用合适的人来做合适的事情才是校长应该做的事情。而春天天气还没有热到无法忍受而牛就气喘吁吁，可能是节气失调，如果节气失调则以农为本的国家自然会有大的变动，作为丞相应该事先做好准备，未雨绸缪，应对不测之事的发生。

孔子勇担天下道义，尽全力拯救"礼崩乐坏"的乱世，试图以"知其不可而为之"的精神实现自己以"仁"为核心的"礼"的理想。他周游列国，推行"仁政"主张。他修诗书、治礼乐，延续中华文脉，即使在生命最后的时刻，经历了儿子之死、子路之亡的痛苦，当他听说齐国大夫陈恒杀死了齐国国君齐简公时，依然不顾年老力衰、已不在朝廷的现实，斋戒三日面见鲁哀公，请求出兵讨伐陈恒的弑君行为。此时鲁哀公也是自身难保，鲁国大权也已落入大夫季孙氏、孟孙氏、叔孙氏之手。鲁哀公让孔子将情况报告以上三大夫。于是孔子去面见三大夫，结果自然是不可以出征讨伐陈恒。陈恒所做之事正是鲁国三大夫所想之事，鲁国国君只有傀儡地位而毫无实权可言。孔子却一意孤行，勇往直前，正如他自己所说："以吾从大夫之后，不敢不告也。"

　　注定要失败的事情还要去做吗？孔子给了我们肯定的回答。恰如海明威所说，一个人并不是生来要被打败的，你尽可把他消灭掉，可就是打不败他。失败的只是那个事情，不败的却是我们追求真理、维护信念、永不退缩的精神。孔子提议征讨陈恒的行为失败了，但他明其责、谋其政的精神永存。正是因为这种精神，我们中国人有了自己坚挺的脊梁：西汉使节谷吉被匈奴所杀，汉将陈汤、甘延寿驱兵西征，在敌强我弱的情况下终于杀死蛮横的郅支单于，"明犯强汉者，虽远必诛"的呐喊至今回荡在中国人心中；倾家族之力平定安史之乱，年近八十的颜真卿又被派往叛军李希烈处传达朝廷旨意，明知此去不归但始终无怨无悔，经受住各种威逼利诱，颜真卿始终是铮铮铁骨，《祭侄文稿》的精神彪炳千古；民族英雄文天祥，面对强悍的元军，誓死不屈，"人生自古谁无死？留取丹心照汗青"的信念至今为国人传唱……生为中国人，死为中华魂，"天下兴亡，匹夫有责"的责任意识将助推我们的祖国强大辉煌。

公平正义和特殊关怀的较量

几年前，南京市鼓楼区山阴路1号巷内一辆面包车违反禁停标志违法停车，车主女儿贴纸条请求警察免于罚款，理由是父亲病重住院，花费很高，家庭难以承受。对于该不该罚的问题，网友们众说纷纭，有人认为法律面前人人平等，不能因个人原因搞特殊；有人认为法律也应以人为本，特殊情况应该特殊对待。最终，南京交警五大队交出了既坚持公平正义又兼顾特殊关怀的让群众满意的答卷：根据规定，罚款50元不记分；同时民警们主动为车主捐助1 000元，并到医院慰问。

对于社会公平正义的理性追求和对某些与我们具有特殊关系的特定人群施加特殊关怀的感性渴望一直困扰着我们，自古忠孝难以两全，能两全者皆英雄之智者也。司马迁在《史记·循吏列传》中就记载了这样一个英雄——石奢。石奢是楚昭王国相，"坚直廉正，无所阿避"。一次出行郡县，路遇杀人者，追捕后发现竟然是石奢的父亲。石奢遇到了坚守职责与偏袒父亲的矛盾冲突，他的选择是：释放自己的父亲，将自己囚禁起来。结果，楚昭王不予治罪。面对这种情况，石奢却说："不偏私自己的父亲，不是孝子；不遵奉国家的法律，不是忠臣。国君特赦我的罪行，是君上的恩惠；依法伏诛，那是我的职责。"最后自刎而死。石奢以自己的死为自己特殊照顾的行为交出了公平正义的答卷。

石奢的故事正是孟子理论的现实应用。有人问孟子："舜为天子，皋陶为法官，舜的父亲瞽瞍杀了人，舜该怎么办？"孟子说："把瞽瞍抓起来就是了。"对方问："难道舜不禁止皋陶追捕自己的父亲吗？"孟子说："舜怎么能够禁止呢？皋陶是依法办事啊！"对方又问："那么舜怎么面对自己的父亲呢？"孟子说："舜视抛弃天下就好像抛弃破鞋子一样容易。他会背着自己的父亲偷偷逃走，沿着海边住下来，终身快乐得忘记了天下。"孟子认为，人性中出于各种情感的偏私应得到关照，否则枉称为人。面对父亲，舜必然会对其进行特殊关怀，当然这种关怀必须以公平正义为前提。

其实，我们都很了解，儒家是讲究仁爱，而不太讲究公平正义的。在有些人看来，儒家思想正是社会公平正义的阻碍。记得有人告诉孔子："我们家乡有一个特别直率坦诚的人，他父亲偷了邻居的羊，他就将自己的父亲告发了。"孔子听了以后很不以为然："我们家乡直率坦白的人与你所说的不同，我们是父亲为儿子隐瞒，儿子为父亲隐瞒。直率坦诚就在这里面了。"这个故事就是我们所熟知的"父为子隐，子为父隐"。这个做法有其合情的一面，也有其不合理的一面，片面地强调情感的满足不对，片面地强调理性也不行。

这个故事我会讲给我的朋友们听，他们观点不一，往往争得面红耳赤，有人为求公平正义主张大义灭亲，有人为求伦理和谐主张亲情至上。对于前者我会告诉他们，日本在战后有一段时间，出台政策鼓励亲人之间相互告发，结果社会风气江河日下，无奈之下，该政策被叫停。而美国的《证据法》中明确规定给予配偶之间拒绝相互做不利证词的特权。而我国《刑事诉讼法》中规定，在刑事诉讼中，被告人的配偶享有拒绝作出对被指控的配偶不利的证言的特免权。而对于后者，在我们共同的探讨之下，也能够认识到一味地讲情不讲法，将使我们陷入偏私的泥潭，无法自拔，各种贪官落网的事实深刻地证明了这一点。最终我们得出的结论是：公平正义是人类永恒的理性追求，特殊关怀则是一种可通融的非绝对的感性诉求。

假设一位跟随了你长达十几年的老员工因为妻子的去世，心情不好，因此在上班时间酗酒闹事，并且经常迟到和早退，根据公司的制度他应该被开除，你将怎么办？是否应该直接将其开除，让其休整一段时间，待其恢复正常后，运用你的社交圈合规合情地将其推荐到合适的单位、部门、岗位去工作呢？

格力集团董事长董明珠之所以能够很好地管理集团，原因之一就是她能够很好地兼顾公平正义的刚性原则和特殊关怀的柔性策略之间的关系。有一次，一位家境困难的女工违反规章，董明珠毫不留情地让其交了罚款，但当晚董明珠偷偷找到这位女工，自己掏钱补贴她。在这个故事中董明珠如开篇故事中的警察一样兼顾了公平正义和特殊关怀。但当她面对上司带来的老部下的违规行为时，她也是毫不留情做出了通报批评、按规罚款并降一级工资的处分决定。面对上司的质疑，她的回答掷地有声："我的权力只允许我这么处理，如果我有更大的权力，我就开除他了。"董明珠面对两次违规事件的处理态度告诉我们：特殊关怀只是相对的尽力而为的行为，而公平正义才是我们更高远的追求。

西汉高参

——留侯张良

　　留侯张良是我们熟知的西汉名臣，被誉为"汉初三杰"（张良、韩信、萧何）之一，以出色的智谋，协助刘邦在楚汉之争中夺得天下。圯上敬履、智斗鸿门宴、智保太子等关于他的故事妇孺皆知，他一直以高参的身份辅佐刘邦打天下、坐天下。从其工作职责看，张良的职业人生相当于今天的参谋秘书。本文拟从秘书角度一窥张良的成功之路。

一、目标高远，一生一事

　　张良是战国时韩国的贵族，他的祖父和父亲曾在韩国相继做过五朝的宰相，因此，张良对自己的国家有着深厚的感情。当秦灭韩时，虽然张良年少，未曾入仕，但强烈的家国责任使他将推翻秦朝的统治当作毕生的理想追求。据《史记》记载，起先，"韩破，良家僮三百人，弟死不葬，悉以家财求客刺秦王"，以求为韩国报仇。后来张良追随刘邦参与反秦运动，亦因刘邦能善其策，可助张良推翻秦朝统治。再后来，随着刘邦皇位的渐次稳固，张良完成了毕生最大的心愿，逐步从"帝者师"退居"帝者宾"的地位。张良曾自言："家世相韩，及韩灭，不爱万金之资，为韩报仇强秦，天下振动。今以三寸舌为帝者师，封万户，位列侯，此布衣之极，于良足矣。愿弃人间事，欲从赤松子游耳。"结合张良毕生的理想，我们不难理解其急流勇退、不恋人间富贵的做法。纵观不同人的人生轨迹，理想和信念在人生中的作用是至关重要的，信念可以激发人的潜能，创造各种奇迹。每个人都会有不同层次、不同类别的理想和信念，其高远与浅薄将直接影响人生质量。秘书人员在设定自己的生活目标和职业目标时应尽量将目光放长远些，其中适当融入一些家族、民族、国家的因素，并将之作为终生的目标追求，可能就是这些因素和这种坚持会将人生带到一种充实而幸福的境界。

二、宠辱不惊，战胜自我

《史记》中还有张良为黄石公捡鞋的故事，面对老者"孺子，下取履"的无理要求，张良亦如常人"鄂然，欲殴之"，然终"为其老，强忍，下取履"，并长跪履之。从这段经历看，张良也非圣人，面对他人的侮辱，他也很生气，但常人在生气的时候会不计后果而立即爆发，烧伤了他人也灼伤了自己，张良却能战胜人性冲动的弱点，忍常人之不能忍，最终得遇良机，成为"帝者师"。刘邦平定天下后大封功臣。张良虽然没有直接参与战斗，刘邦却说："运筹策帷帐中，决胜千里外，子房功也。自择齐三万户。"孔子曰，富贵人之所欲也，人为财死，鸟为食亡，面对如此的恩宠，张良拒绝道："始臣起下邳，与上会留，此天以臣授陛下。陛下用臣计，幸而时中，臣愿封留足矣，不敢当三万户。"孟子曰："富贵不能淫，贫贱不能移，威武不能屈，此之谓大丈夫。"宜乎，此不谓留侯者乎！人生最大的敌人是自己，一个人只有战胜了自身冲动、好利、惰性等弱点，才能不断走向更好的自己，获得更大的成功。秘书工作是一项以人为服务对象的工作，很多时候，我们都能很深刻地感受到自己或他人人性弱点的暴露，如果我们在工作中不是将矛盾冲突看作历练自己的舞台，而是逃避矛盾、推卸责任，则我们永远也不可能将工作做得游刃有余。

三、深谋远虑，巧言善谏

刘邦攻入秦朝都城咸阳，留恋声色犬马而想住在宫里，不肯迁出。"樊哙劝谏沛公出去居住，但沛公不听。张良曰："夫秦为无道，故沛公得至此。夫为天下除残贼，宜缟素为资。今始入秦，即安其乐，此所谓'助桀为虐'。且'忠言逆耳利于行，毒药苦口利于病'，愿沛公听樊哙言。"沛公乃还军霸上。同样的事、同样的理，屠者樊哙说之，刘邦不听，而张良深知刘邦之志，为其详解利弊得失，将不同的结局呈现在刘邦面前，让刘邦不能不听之。张良谏言，刘邦每听之，其根源当然在于张良能够深谋远虑，每每料事如神，亦在于其讲究进谏的技巧。有些人不讲究语言的艺术，还为自己辩解说，"我是刀子嘴、豆腐心"，其实这是非常错误的。有时候说话的方式比说话的内容更重要，我们为何不是"蜂蜜嘴、豆腐心"呢？这样说话别人不是更喜欢接受吗？张良在进谏的时候还遵循"必谏"原则，所谓"必谏"原则就是凡是在自己职责范围内，有关于军国大业（组织）之事，必谏。刘邦因爱幸戚夫人欲易太子，吕后派人向张良问策。张良说："始上数在困急之中，幸用臣策。今天下安定，以爱欲易太子，骨肉之间，虽臣等百余人何益。"因为张良深知"疏不间亲"的参谋原则，他不愿涉足统治者内部的权力之争，但他深知太子之事关乎国家安宁，最终为吕后出谋划策，保住了吕后之子刘盈的太子之位。秘书想要做到像张良一样的巧言善谏、深谋远虑，当如张良一样好读书、乐读书。读书不能只求数量，重要的是要读透，读活。张良读一部《太公兵法》而成为"帝者师"，不正说明了这一点吗？当然，除了读有字之书，还要阅读无字之书，处处留心皆学问，学问乃成功的阶梯。做一个好秘书当然要既有识又有胆，只有识没有胆，种子只能深埋在地下，不见天日；只有胆没有识，收获的是稗草；有胆有识，才能获得丰收的喜悦。

管窥西汉名臣张释之

张释之，字季，为官深受汉文帝倚重，官至廷尉，亦很受百姓爱戴，时人传诵："释之为廷尉，天下无冤民。"司马迁在《史记·张释之冯唐列传》中称赞他："张季之言长者，守法不阿意……《书》曰：'不偏不党，王道荡荡；不党不偏，王道便便。'张季、冯公近之矣。"张释之能够将工作做到"群众满意，领导认可"，其中的经验确实是值得我们认真学习。

一、实干先于口才

张释之初入仕途"十岁不得调"，后经中郎将的袁盎举荐，才调任负责接引宾客和赞礼谒者，因此有了与汉文帝"亲密接触"的机会，常与文帝评说秦汉之失与得，深获赏识，逐步升迁至掌管狱刑的廷尉。应该说，好口才使他获得了成功的机会，但张释之却反对以口才为凭用人。一日，文帝到虎圈考察，忽然向上林尉（上林苑的长官）问起各种禽兽的数目，结果上林尉一问三不知，而他的下属虎圈啬夫（饲养员）却张口就来，对答如流。文帝一高兴，当即诏令随行的张释之，封赏啬夫为上林令。张释之不同意汉文帝这种仅以一次口试就提拔官员的做法，先以"言事曾不能出口"的"长者"周勃、张相两位重臣为例，再举秦代任用刀笔吏之弊，阐发自己担心"天下随风靡靡"，争相研读演讲之书，苦练嘴上功夫，人人能言善辩而无人务实。文帝以为"善"，放弃了破格提拔啬夫的念头。

在有些人的观念中，做好工作只要八面玲珑、能说会道就万无一失了，殊不知口才固然重要，实干更是不可或缺的，前者好比树上美丽的花朵，后者好比树下的根须，没有扎实的根须，美丽的花朵不会持久，而没有美丽的花朵，树木的内涵需要更长时间的等待才能获得他人的认可。因此，我们在工作中要注重内涵的培养，做一名既懂沟通技巧又懂组织事务的好员工。

二、排除万难，忠于职守

一天，太子与梁王一同乘车入朝，至司马门不下车，违反了法令。张释之时为公车令，当即追止太子和梁王，不准其入殿门，并以"不下公门不敬"罪进行弹劾，奏报文帝。张释之作为公车令，食禄不过六百石，可谓身微言轻，可是面对未来国家继承者的违法行为，竟能执法不阿，忠于职守，弹劾无惧，真正是非常人之能为也。

孔子曰，在其位，谋其政。尸禄素餐实为职业人之耻辱。做老师的要讲究师道尊严，学高为师，身正为范；做公务员的要讲究清正廉洁，为民做主。在工作岗位上能立稳脚跟的根本就是排除万难，做好自己的本职工作。

三、直言敢谏，敢逆"龙鳞"

张释之任廷尉不久，陪汉文帝出游，行至中渭桥，有人以为皇帝车驾已经过去，结果从桥下跑出来惊了汉文帝驾车的马。文帝非常生气，让张释之严审此人。张释之秉公执法判决此人罚金四两。汉文帝一听，火冒三丈："此人亲惊吾马，吾马赖柔和，令他马，固不败伤我乎？"责怪他竟轻易地判处罚金了事。张释之说，法律是皇帝和天下人都要遵守的，如果因为触怒了皇帝而加重处罚，则是失信于民，坚持依据法律条文进行判决。

作为员工，不能无视国家和组织的法律法规，忘记了自身的职责。真正有作为的员工应学习张释之，以国家为念，敢于指出领导工作中的失误，敢于与不法行为做斗争。

四、能屈能伸，耐得住寂寞

有一次，三公九卿皆于朝廷大殿之上侍立，有一位岁数很大的王处士当众对身为廷尉的张释之说："我的袜带开了，给我系上。"释之跪而结之。一为平头百姓的处士，一为朝廷重臣的廷尉。一个傲气地说"为我结袜"，一个谦恭地"跪而结之"。当张释之面对汉文帝的龙颜大怒时，他不曾屈服，可谓能伸矣；当他面对一位无官无职的老人的无理要求时却能蹲下身子，达成老人的愿望，可谓能屈矣。这一屈一伸之间让我们感受到张释之真正"大丈夫"的人格魅力。因此，我们在工作中切忌眼中只有领导，而像绝缘体一样将自己与群众隔离，应能上能下、能屈能伸。

张释之曾为骑郎，十年不得升迁，默默无闻。人生有几个"十年"？有谁会在一种不得已的情况下默默等待这十年？但没有这十年的等待就没有为世人敬仰的张释之。也许今天的"厚积"是为了以后的"薄发"，也许现在的"不鸣"，正是为了日后的"一鸣惊人"。

劝谏这件事是很难的，让人承认自己错了，本已很难，如果对方是上级或长辈，则是难上加难。国际知名的人际关系大师卡耐基曾经说过，永远不要与人狡辩，千万不要指责他人的错误。那么，面对别人的错误，我们是否就束手无策呢？如何让对方乐于接受我们的劝谏？

一、信任是劝谏的基础

劝谏的目的是让对方接受其现在还不认可的思路和做法。在没有建立信任的情况下，劝谏他人是一件较难的事情，智子疑邻的故事可以证明。"宋有富人，天雨墙坏。其子曰：'不筑，必将有盗。'其邻人之父亦云。暮而果大亡其财，其家甚智其子，而疑邻人之父。"

同样一件事，从信任和不信任的角度来看可能截然相反。《韩非子》中记载，弥子瑕有宠于卫灵公。有一次，弥子瑕的母亲生病，弥子瑕知道后非常着急，假托国君的命令并窃用国君的车子出城去看望母亲，而根据卫国的法律，窃驾国君之车，要判断足之刑。卫灵公听闻后，说："弥子瑕多么孝顺啊！为了母亲连断足的刑罚都不顾及了。"又有一天，弥子瑕与卫灵公在果园中畅游，吃了一个非常可口的桃子，并将剩余的一半递给卫灵公吃。卫灵公感动地说："他多么爱我呀，忍住对桃子的喜爱，分给我吃。"及弥子瑕色衰，卫灵公不再喜欢和信任他，要治他得罪，竟然说："他曾经无视国法，私驾国君之车出城，他曾经目无君威，给我吃一个吃剩的桃子。"真是欲加之罪，何患无辞！

因此，人与人的沟通，不能无视感情基础，说一些不分轻重的话，这样做只能是自取其辱。我们可以首先认同他，与他站在同一阵营里，与他一同思考、共同展望，最终达到劝谏的目的。

有一个年轻人到银行去开账户，但拒绝填写相关表格。接待员是一位沟通高手，他没有指责年轻人的做法，而是告诉他，那些表格可以不填写，将年轻人的敌对情绪降到最低，获得对方的信任。接着，接待员向年轻人微笑质询：假如你碰到意外，是不是愿意银行把钱转给你所指定的亲人？这些信息你愿意留给我们吗？最后，顾客不仅填写了所有资料，而且还开了一个信托账户，指定他的母亲为法定受益人。事情能如此顺利地进行，关键在于这位接待员首先认同年轻人的做法，尊重他的选择，取得他的信任后，又站在年轻人的立场告诉他这样做的原因，最终为银行赢得了一位忠实的客户。先认同、后引导，先取得信任、后劝谏是一种非常明智的选择。

"士为知己者死。"若不相知，死其为何？在对方没有信任我们之前，我们真的需要掂量在什么情况下需要冒着"谤己"的风险去劝谏，什么情况下需要先建立信任再去劝谏。很多时候，我们要做的是尽职尽责，在其位而谋其政以及尽人事而听天命。当然劝谏的事情需要无关国家大义。若事关国家大义，付出生命在所不惜。

二、沟通高手都是"段子手"

子贡看到自己敬仰的老师空有一腔"仁者"情怀，却一直没有施展自己的抱负以解救天下苍生，很是不解，很想知道自己的老师到底有没有出仕的意愿。但作为学生，他又不好直接问："老师，你说了那么多治理天下的理论，您什么时候可以出来真正施展一番啊？"子贡不愧是言语科的"高材生"，他很含蓄地以美玉做譬喻，说这里有一块美玉啊，是把它放在盒子里藏起来，还是找一位识货的商人卖掉它呢？以孔子的智慧一听就明白了，说当然是卖掉它呀，自己就像美玉一样在等待那个识货的商人。子贡与老师这样有趣的对话另有一则。当时孔子在卫国，卫国出现了父子争国的局面。冉有不清楚老师是否会为了求得施展抱负的机会而挺身而出。他自己不敢去问老师，就去请教子贡。子贡自告奋勇去请教孔子。但子贡不直接问孔子是否要参与卫国的内乱，而是向老师询问伯夷和叔齐是否会后悔为了追求高洁而饿死首阳山。孔子说他们求仁而得仁，当然无怨。子贡由此推断出自己的老师是不会为了当下的情势而放弃自己的高洁情操的。由此可以得出，高手的沟通应该是含蓄的，以譬喻或讲故事的方式激发对方的思考，引导对方得出我们想对他们说的话。

讲故事、做譬喻，诸子百家人人在行。庄子自称自己的文章"寓言十九"，韩非子也给我们贡献了诸多寓言故事：自相矛盾、郑人买履、讳疾忌医、三人成虎、螳螂捕蝉等。

故事、譬喻可以是自己的，例如邹忌讽齐王纳谏，以自己的妻、妾、客人因为有求于自己而使自己受到蒙蔽的事实，告诫齐王要广开言路、积极纳谏，方可做到开明。故事、譬喻也可以是他人的，例如贾诩讽谏曹操立储，立储之事一向容易引发朝政纠纷。这趟浑水无人愿涉入。曹操私下问贾诩对立嗣的看法，贾诩并不作答。曹操追问，贾诩说自己刚刚在思考袁绍和刘表家族衰落的事情。曹操马上会意袁、刘两家因为废长立幼而惨遭失败的下场，从而坚定了立长子曹丕的决心。贾诩相当聪明，他不直接发表见解，而是提及前车之鉴，让曹操很自然地得出与自己一致的意见。语言沟通的高手都是善讲故事的人，将自己的见解融入有趣的故事中缓缓道出，让对方在故事的娓娓诉说中有所思、有所悟，这样的沟通太妙了！

故事、譬喻可以是有关动物的，如《战国策》记载，赵国魏加以受伤的大雁为比喻使楚国的春申君放弃了以临武君为主将的想法，"惊弓之鸟"，借物喻人，天人合一。故事、譬喻也可以是与植物有关的，如《晏子春秋》记载，晏子出使楚国，楚王让手下绑缚两个犯了偷盗罪的齐国人进行审问，意在暗示齐国人素质低下，以达到羞辱晏子的目的。晏子对曰："婴闻之，橘生淮南则为橘，生于淮北则为枳，叶徒相似，其实味不同。所以然者何？水土异也。今民生长于齐不盗，入楚则盗，得无楚之水土使民善盗耶？"橘本一也，环境不同可为橘，亦可为枳，齐国人本善良，其为不善之事，实乃楚国风气不佳所致。楚王的尴尬不言而喻，本想羞辱晏子，反倒自取其辱。

　　人类是情感的动物，无情则事皆不成。人类是感性的动物，故事、譬喻畅通无阻。

巧言不令色

　　《论语·学而》记载："子曰：'巧言令色，鲜矣仁。'"《论语·子路》记载："子曰：'刚、毅、木、讷，近仁。'"好像孔子是反对拥有高超的语言技巧和水平的，但《论语·先进》却记载孔门四科高徒分别是："德行：颜渊，闵子骞，冉伯牛，仲弓。言语：宰我，子贡。政事：冉有，季路。文学：子游，子夏。"可见孔子反对的不是高超的语言水平，而是反对怀着不可告人目的的心口不一的说辞。当齐国侵犯鲁国，鲁国面临覆国之灾，孔子派出言语科高徒子贡，一番游说，"存鲁，乱齐，破吴，强晋而霸越。子贡一使，使势相破，十年之中，五国各有变"（《史记·仲尼弟子列传》）。没有子贡的周旋雄辩，鲁国的历史可能就此结束了。可见孔子不仅教授学生如何运用语言技巧，而且主张运用高超的语言化解家国困境。拥有高超的语言真的可以将困境化为乌有，类似"子贡存鲁"的故事，历史上并不鲜见。

　　人之所以表现失常，很多时候是不知道自己的目的是什么，包括工作的目的、从政的目的、考试的目的、出行的目的、结婚的目的以及人生的种种目的，因目的缺失，方向模糊，必然遇事紧张，焦躁、恐惧、抑郁、抓狂，一切负面情绪接踵而来，可能巧言令色，也可能不知所云，让他人失望，也让自己失望。

　　陈琳是建安七子之一。王沈《魏书》记载，陈琳初投奔何进，何进不听劝谏，为宦官所杀，陈琳无奈投奔袁绍。官渡之战爆发后，陈琳作《为袁绍檄豫州文》，痛斥了曹操及其祖辈的种种不堪，把曹家三代的品行说得一无是处、不入流俗。据说曹操当时头痛病发作，卧病在床，读了陈琳檄文，惊出一身冷汗，头痛竟然好了。后来袁绍失败、陈琳被俘，曹操质问陈琳说："你过去为袁绍写作檄书，只历数我的罪过就可以了，为何还要殃及我的父亲和祖父呢？是否做得过分了呢？"陈琳谢罪回道："当时也是箭在弦上，不得不发。"曹操听后，不再追究，反而对陈琳加以重用。

爱你的人很多，知音却难觅，因为知音是爱而懂得。所以在人际交往中，设置情景、描绘愿景，让对方可以与我们感同身受，设身处地地理解我们的苦衷和不易，比哀求狡辩更能获得理解和共情。陈琳面对曹操的威视，既不是摇尾乞怜，也不故作清高，一句"箭在弦上"引发曹操的感同身受，获得了曹操的认可和尊重。

裴楷，三国时期魏国及西晋大臣、名士，袁宏《名士传》中以裴楷等人为"中朝名士"，精通《道德经》《易经》。裴楷因为才华出众、名重当时，身逢乱世而与世透迤，与山涛、和峤因品德高尚而处于高位。晋武帝司马炎曾经问裴楷自己在执政上有何得失，裴楷将矛头直接指向当时权倾朝野的贾充一党，进谏晋武帝远离奸党、招纳贤才，方能名扬后世，裴楷称得上是忠贞之士。《晋书》记载，晋武帝司马炎登基之后，曾用蓍草占卜看看自己的帝位能传多少代，结果得到"一"字，武帝不悦，群臣大惊不知该怎么解读。裴楷从容地运用《道德经》的智慧曰："臣闻天得一以清，地得一以宁，侯王得一以为天下贞。"侯王得到一就可以成为天下的正统、天下的中心，这就是历史上有名的"探策得一"的典故。武帝听了高兴，群臣听了叹服，后人也都奉上自己的敬仰之情。而东晋末期的桓玄篡位称帝，其宫中的卧床突然下陷，群臣亦大惊失色。投靠桓玄的大夫殷仲文曰："将由圣德深厚，地不能载。"桓玄大悦，后人耻之。因为殷仲文生性贪婪、追逐权贵、品行不雅，亦有巧言，却沾令色。

　　同样的情景，裴楷引经据典，含蓄雅致；殷仲文直白浅陋，马屁拍尽。同样的解围，裴楷以道德为底色，人不以为异；殷仲文以权力为旨归，人为之不耻。同样的语义，裴楷巧言不令色，高名垂世；殷仲文巧言令色，臭名远扬。

　　王僧虔，王羲之的四代孙，南朝著名书法家。南朝宋文帝刘义隆评价他的书法在王献之之上。王僧虔为人耿直、有士人气节，他在担任会稽太守时，身边宾客劝谏他逢迎当时大红大紫的中书舍人阮佃夫，被王僧虔拒绝。据《南齐书》记载，南朝齐武帝萧赜任命他为侍中、左光禄大夫、开府仪同三司，王僧虔乃固辞不受。宾客问王僧虔为何辞让，王僧虔说："君子所忧无德，不忧无宠。"王僧虔可谓人生明白人。王僧虔以书法闻名当世，南朝齐高帝萧道成对自己的书法颇为自得，当了皇帝也勤练不已。有一次他和王僧虔进行书法竞技，并当场问王僧虔："谁当为第一？"这真是一个棘手的问题，回答皇帝第一吧，太过违心，也有失士人气节，回答自己第一吧，事实虽然如此，但龙颜难逆，太过冒风险了。王僧虔机智地回答："臣下我的书法为臣子中的第一，陛下您的书法为帝王中的第一。"萧道成笑着说："卿可谓善自谋矣。"

　　争强好胜是人的本性，谁人不想当第一，但第一总是有限，王僧虔聪明之处就在于，他在人人皆好之的"第一"之下划分出多个领域。这样，我们每个人都可以在自己的领域独领风骚、独占鳌头，岂不快哉！

听、行、学、德　助你顺畅沟通

　　据《论语》记载，孔门高徒分为四类。德行：颜渊，闵子骞，冉伯牛，仲弓。言语：宰我，子贡。政事：冉有，季路。文学：子游，子夏。言语位列四科第二。"不知言，无以知人也。"《论语》中蕴藏着丰富的语言沟通技巧，请试论之。

一、关于沟通中的"听"："多闻阙疑，慎言其余，则寡尤"

　　首先，"多闻"，即多听。语言沟通是口、心、耳的合力运动，而其中耳朵的功能往往被忽视，殊不知"听"在沟通中起到了至关重要的作用，所以西方有句谚语说，用十秒钟的时间讲，用十分钟的时间听。古代时，曾经有一个外邦小国进贡给中国皇帝三个一模一样的小金人，让中国皇帝区分三个小金人的优劣。经过各种失败的验证后，一位老者用三根稻草分别插入小金人的耳朵，稻草分别从第一个小金人的另一边耳朵出来，从第二个小金人的嘴巴出来，却掉进了第三个小金人的肚子里。正确答案就是：第三个小金人最有价值，因为他具备了用心倾听的能力。人有两只耳朵、一张嘴巴，因此，要少说多听，耳朵在嘴巴之上，所以要先听后说。孔子主张一个良好的沟通者一定要"多闻"，与孔子的"三人行，必有我师焉"的精神不谋而合。

　　其次，什么样的人可以做到"多听"呢？答曰：不自满的人。记得一位大学教授向一位禅师问禅，一开始大学教授洋洋自得地发表意见，显示他的学识，禅师只是静静地听着，最后禅师建议一起去喝茶。禅师把教授的杯子倒满之后，仍继续向茶杯内倒水。教授看到茶杯里的茶溢出来时忍不住说："茶杯已满，何以复加？"禅师答曰："汝心已满，何来问道？"孔子反对故步自封、自以为是的错误做法，他一生坚持"毋意，毋必，毋固，毋我"的做法。他主张："君子和而不同，小人同而不和。"孔子尤其指出要"不耻下问"，其弟子曾子也主张："以能问于不能，以多问于寡。"正因为对疑问的保留（"阙疑"）和宽容，才成就了我们的倾听能力，也才成就了和谐沟通的人生。

二、关于沟通中的"行"："君子耻其言而过其行"

子曰："古者言之不出，耻躬之不逮也。"在言与行的关系上，孔子主张言行一致，反对言行不一的做法。我们反感那些夸夸其谈的人，是因为他们不能为自己的言语负责任。如果一个人说了一些我们所谓的大话，但为之努力实践，谁会嘲笑他呢？所谓话大话小没有绝对的标准，行为不能为语言负责就是大话，行为可以为语言负责就是真言。当身为打工仔的陈胜发出"苟富贵，勿相忘"的慨叹时，当时听到的人笑了，后人却不会笑，因为陈胜后来通过自己的努力真的富贵了。当项羽看到秦始皇出游的盛况，脱口而出："彼可取而代也！"又有谁会嘲笑他？

子曰："君子欲讷于言而敏于行。"相对于语言的力量，孔子更看重行动的魅力。因为人与人之间沟通的主要目的就是为了取得对方的信任，而行为在沟通中的重要性在今天已经得到科学的印证，美国传播学家艾伯特·梅拉比曾给出一个公式：信息的全部表达=7%语调+38%声音+55%肢体语言。语言是为了沟通，却从来不是目的，做什么比说什么更重要。言过其实的危害且看纸上谈兵的赵括足矣。子曰："始吾于人也，听其言而信其行；今吾于人也，听其言而观其行。"赵孝成王听赵括言而信赵括行，所以致使赵国覆亡，而赵括的父亲赵奢听赵括言且观赵括行，所以预言赵括必不能成功。因此，语言沟通一定要与自己的行动力相配合，言行不一只能失信于人，失去立身之本，害人害己，断不可取。

三、关于沟通中的"学"："不学《诗》，无以言"

语言是思维的外在表现，没有高远的思维，就只有空洞的语言。子曰："学而不思则罔，思而不学则殆。"只有自我思考和向他人问学的完美结合，才能像君子那样文质彬彬，具备高超的语言艺术。三国时吴之名将吕蒙少学识，经吴主孙权引导开始学习。后鲁肃与之交谈，深有士别三日当刮目相看之叹。

司马迁曾说，天下熙熙皆为利来，天下攘攘皆为利往。清朝，有一次乾隆皇帝来到镇江金山，看到长江里船来船往，很为感叹，就问一个常住江边的老和尚："你看这江上，每天来往有多少只船？"老和尚从容回答："两只船。"乾隆很惊奇："为什么只有两只船？"老和尚说："一条为'名'的船，一条为'利'的船罢了！"老和尚的回答不知有没有受到司马迁的启发。

有一次，一位语文老师出身、当了校长的朋友说，他有一次被问到，他的语文教学水平和他们学校另一位在场的语文老师的教学水平相比较，高下如何？他很巧妙地回答："我的语文教学水平是校领导中的佼佼者，某某（在场的语文老师）的教学水平是我校语文老师当中的佼佼者。"谁都在自己的圈子里占据高位，岂不快哉！我问他如何能够回答得这样好，他说这是源于南朝著名书法家王僧虔的智慧。王僧虔书法当世无双，但齐太祖萧道成也是一位笃好书法的君主。有一次，萧道成心血来潮，要与王僧虔进行书法比赛，二人一番挥毫泼墨，萧道成问王僧虔："你看我们的书法谁是第一呀？"王僧虔机智地回答："我们都是第一，陛下您的书法是历代帝王中的第一，我的书法是历代臣子中的第一。"萧道成听了，非常佩服王僧虔的机智。读史可以明智，此言不虚。

记得有这样一则故事，说一位盲姑娘在路边乞讨，面前放置一幅"好心人，请可怜可怜我吧"的大幅纸张，路人行色匆匆，盲姑娘收获甚微，因为每个人都觉得自己亦是可怜人，为生活忙碌，为生计奔波，谁不可怜？这时，一位诗人路过，提笔在纸张的背面写道："春天来了，可是我什么也看不到。"结果，一下激发了路人的同情心："原来我真的比这位盲姑娘幸福呀，只有幸福的人才可能为他人奉献幸福。"两句话而已，但背后反映出思维方式的迥异。语言不经历学习的磨砺，如何可以芳香四溢，沁人心脾呢？

四、关于沟通中的"德"："有德者必有言，有言者不必有德"

德乃人性善的发挥，得仁、得义，得一颗为国为民的心。孔子一生求仁，主张德为立身之本，言行乃德之华也。言为心声，心正言和，心违言乖。

孔子认为良好沟通的出发点一定是善的，若从善的本意出发，言语几无不当。春秋时齐国宰相晏婴的善辩人皆知之，《晏子春秋·卷一》记载，齐景公因为所爱之马死，执意要杀养马人，左右劝谏皆不听。晏子对齐景公说："我要为国君历数养马人的罪过，让他死得明白，可以吗？"公曰："可。"晏子数之曰："尔罪有三：公使汝养马而杀之，当死罪一也；又杀公之所最善马，当死罪二也；使公以一马之故而杀人，百姓闻之必怨吾君，诸侯闻之必轻吾国，汝杀公马，使怨积于百姓，兵弱于邻国，汝当死罪三也。"公喟然叹曰："夫子释之！夫子释之！勿伤吾仁也。"孔子非常推崇晏子，说他是"善与人交，久而敬之"。晏子确实很会说话，但其根本在于晏子沟通的出发点是一腔家国天下的情怀之爱呀。言必以德，此德乃为公之心，反之则只能是"巧言""佞言"。

孔子反对言不以德、为达目的不惜夸夸其谈的做法。子曰："巧言、令色、足恭，左丘明耻之，丘亦耻之。"子曰："巧言乱德。"孔子反对乱德的"巧言"以及"不知其仁"的"佞言"。语言是思维的外在表现，想以花言巧语掩饰狭隘的人格和自私的目的，终不能长久，智者不为也。

《论语》是智慧的宝库，从《论语》中获取沟通的智慧，我们还可以做得更好。

进谏六法　借古鉴今

有人说办公室人员应该成为领导的诤友，办公室人员在发现领导工作有不妥当甚至明显错误的时候，要勇敢地进行劝谏。而劝谏的效果与方式是否恰当有直接的联系，如果不充分注意进谏的艺术，就可能好心办坏事，让客观结果与主观意图南辕北辙。

他山之石，可以攻玉。古人的进谏智慧可以激活今人的聪明潜质，办公室人员应该具有海纳百川的胸怀和气度，现总结古人进谏六法供大家参考。

一、借物喻人法

《战国策·卷十七·楚策四》记载，赵国使者魏加以神射手更赢引弓虚发而下大雁的故事，借物喻人，使楚国的春申君放弃了以临武君为主将抗击秦国的想法，因为临武君曾为秦国俘虏，受伤的大雁况且易于被"射中"，曾为秦国俘虏的临武君也应该更易于被秦国击败。借物喻人法的关键就是要寻找与所要谈论的事情相关联的"物"，让领导通过对"物"的思考更清晰地领悟到自身做法的不妥之处。

二、以小喻大法

《战国策·齐策一》记载了"邹忌讽齐王纳谏"的故事，讲的是大臣邹忌与齐国之美丽者城北徐公比美，妻子因为爱他、小妾因为畏惧他、客人因为有求于他而皆说邹忌比徐公美。当邹忌真正遭遇徐公，自惭形秽。邹忌以自身被周围人蒙蔽的事实让齐威王明白，要真正看清自己、了解国情则必须广开言路、敢于纳谏。邹忌讽谏成功的关键是善于从自己身边的小事入手，思索组织的现状、未来，使齐威王通过对其所说小事的思考自行领悟到正确处理问题的思路，而非邹忌强加的理念。

以上两法要求办公室人员在生活中处处留心、时时注意，做一个善于思考的人，将生活和事业较好地结合起来，所谓"天下无难事，只怕有心人"，将事业做大做强的人往往是那些勇于思考、善于发现的人。

三、榜样示范法

《晏子春秋》记载，齐景公有好马，被养马人杀了。齐景公大怒，要杀养马人偿马命。众人谏曰不可，不听。晏子说："杀人总得有个方法，尧舜肢解人是从哪里下手的呢？"尧舜是有名的贤君，当然不会因为马杀人，也自然没有肢解人的残酷刑罚。齐景公顺势说："那就交由廷尉处理。"齐景公也够执着，看来一定要杀死养马人。晏子又说："杀养马人是应该的，但要让他知道自己所犯的罪行，不能让他死得不明不白。"最后，齐景公把养马人放了。

在古代，尧舜的名声是所有君主向往的，晏子以尧舜为榜样约束齐景公，效果自然不错。榜样示范法历来受到古人的推崇，此法要求办公室人员广读历史、广泛涉猎他人成功的经验和失败的教训，做一个勤于学习、乐于学习的人。所谓"书到用时方恨少"，办公室人员应该培养终身学习的意识和习惯。

四、激发高尚法

《资治通鉴》记载，唐太宗李世民因魏征当众直陈其过非常恼怒，扬言要杀掉魏征。退朝后，长孙皇后穿着朝服以"主圣臣忠"大贺特贺，使唐太宗意识到自己的行为与自己的圣君宏愿实相背离，魏征才免于一死，忠臣明主的故事才可以继续谱写下去。著名的人际关系大师卡耐基曾经说过，如果你想让别人做任何事，唯一的方法就是满足他们的需要。那么人类到底需要什么呢？林肯总统说，每个人都喜欢别人恭维自己。美国的威利·詹姆斯教授说，在人类的天性中，最深层的本性就是渴望得到别人的重视。美国著名社会心理学家马斯洛的人生需求层次理论也告诉我们，渴望尊重是人类较高层次的需要。每个人都有渴望高尚的动机，在我们与他人交往的时候，要尽量激发对方高尚的动机，以使其向善的方向发展。

五、后果呈现法

《资治通鉴》记载，女皇武则天在立武氏还是李氏为继承人的问题上犹豫不决，询以狄仁杰。狄仁杰说，陛下立子，则千秋万岁后，配食太庙，承继无穷；立侄，则未闻侄为天子而祔姑于庙者也，终使武则天逐渐醒悟，李唐江山终得保全。有心理学家认为，外在的事物是我们内在的投射，人们只会看到自己想看到的，听到自己想听到的；对于与自己内心不相符的意见，人们往往采取回避的态度，看不到也听不见。

六、避实击虚法

三国曹魏的谋士贾诩回答曹操废长立幼之难题时避实击虚的做法实在是高明。领导问时，他并不正面回答，而是引出彼事，让领导通过认真思考得出结论。这种似答非答的智慧，确实值得学习。决策是领导的权力也是他的义务，为领导决策提供充分正确的事实依据才是办公室人员的职责。越俎代庖，代替领导做决策，从长远来看，往往是没有好的结局的。

"古为今用"是一个永远不会过时的话题。我们只有不断继承和学习古人的聪明才智，在实践中加以合理地运用，才是一个理性的明智的现代人。办公室人员只有充分发挥自己的辅助职能，讲究工作艺术，才能实现自身的价值，获得事业的成功。

西汉"贤相"陈平的表达艺术

　　每读《史记》，心情总不能平静，为其中的人才辈出，为其中的智谋胆略。譬如陈平。自古及今，对于陈平的评价众说纷纭，有人肯定他的谋略，也肯定他的人品，说他是"智者"；有人肯定他的谋略但否定他的人品，说他是"阴谋家"。笔者较为认同为其立传者司马迁的看法："常出奇计，救纠纷之难，振国家之患"，并能以智谋"善始善终"，堪"称贤相"。陈平之贤在于他高超的洞察力和卓越的表达艺术。笔者就陈平的表达之"贤"，谈谈一己之拙见。

一、内外兼修，注重仪表

　　陈平少时家贫，但好读书以增其内涵，重修饰以美其外观。当时的富人张负曰："人固有好美如陈平而长贫贱者乎？"于是将自己的孙女嫁给了陈平。仪表是一种无声的语言，恰当地运用仪表语言，可以向他人传递丰富而准确的信息，达到事半功倍的效果。陈平的内外兼修使其顺利娶得富家女。无独有偶，《战国策》记载，吕不韦为使备受冷落的秦异人（秦始皇父亲）获得安国君的宠妃华阳夫人的青睐，让其衣楚服而见出身于楚国的华阳夫人。华阳夫人见到穿着楚服的异人非常高兴，将异人认作自己的儿子，并将其更名为楚，为异人后来在安国君众多儿子中脱颖而出，成功登上国君宝座打下稳固的基础。《史记》记载，汉初大儒叔孙通初见刘邦，着儒服，刘邦"憎之"，后改变服饰，穿短衣，类楚人打扮，刘邦看了心里很高兴。叔孙通善于变通，非腐儒，为儒学的承上启下做出了不可磨灭的贡献。

二、基于职责，言之有据

子曰："在其位，谋其政。"明确职责，办事简单。下午1：30，史密斯先生根据预约准时到访，而需要与史密斯先生会谈的上司却正与一位客户打高尔夫球。这时，办公室人员应该怎么做呢？首先，根据公司规定做好对史密斯先生的接待工作；其次，联系上司，请示是需要与史密斯先生另约时间还是看他能否等待一段时间。在这个案例中，办公室人员应该尽到对上司的提醒义务，适时提醒上司后续工作，避免出现类似的冲突事件，要争取一直在做重要而不紧急的事情，而不是疲于应付重要而紧急的事情。

无论是作为谋士的陈平，还是作为丞相的陈平，都能够将职业做得让领导"称善"，究其原因，在于他非常了解自己的职责，从职责出发，则说话、做事无不妥当。

三、善于保密，绝不炫耀

陈平为刘邦"六出奇计"，但"奇计或颇秘，世莫能闻也"。陈平多次拯救刘邦及其功业，却从不向人炫耀，就连与他生活年代如此接近的司马迁也不知其计策原委。这让我们不得不感叹陈平的职业操守。

美国著名教育家约翰·杜威博士曾经说过，人类天性中最深层次的冲动是显要感。每个人都有被尊重、被肯定的需要。有了成绩、有了贡献却不能公布于世，实在是对人的极大惩罚，非一般人所能忍受。陈平却能将自己的才智结晶秘而不宣，确实难能可贵。

四、巧用肢体语言

美国传播学专家雷蒙德·罗斯认为，在人际交往活动中，人们所得到的信息总量中大约只有35%是语言符号传播的，而其余65%的信息是非语言符号传播的。非语言符号传播主要指肢体语言，譬如，面部表情、四肢动作。陈平可能并不知道非语言符号传播的理论知识，却在两千多年前巧妙地运用了。陈平的职业生涯并不顺利，先投奔陈胜，不被重用；后投奔项羽，兵败后害怕被杀，又投奔刘邦。逃亡途中经过黄河，渡船船工见其穿着不凡，怀疑他身藏金银财宝，打算谋财害命。陈平洞察到潜在的危险，便主动帮助船工划船，很自然地解开衣服、裸露上身，不动声色的一系列动作打消了船工的邪念。此处没有辩白，因为语言是苍白的，比不上行动来得实际、可靠。汉高祖逝世，吕后用事，执意扶持娘家的势力，"顺我者昌，逆我者亡"。陈平为国家深远计，"为相非治事，日饮醇酒，戏妇女"。吕后闻之，私独喜。陈平以实际行动告诉吕后，他不会成为她前进路上的拦路石，从而保全了实力，为后来铲除诸吕、匡扶国家奠定了坚实的基础。

　　人与人之间的信息传播主要依靠语言传播和非语言传播，一言可以兴邦，一言可以丧邦，微微一笑可倾城倾国，也可祸国殃民，言行举止不可不慎。研古通今、古为今用，或许西汉"贤相"陈平的做法会给我们有益的启发。

阮籍"胸中块垒"的全方位表达

　　著名的美学大师宗白华先生曾经说过，汉末魏晋六朝是中国政治上最混乱、社会上最苦痛的时代。《晋书·阮籍传》记载："籍本有济世志，属魏、晋之际，天下多故，名士少有全者，籍由是不与世事，遂酣饮为常。"在这样一个"混乱""苦痛""少有全者"的社会背景下，如何能够既保全自身，又坚持自我；既能够躲避统治者的屠刀，又可以表达自己的反抗？何其难也。于是，我们看到嵇康悲壮地倒在了权力屠刀下，向秀无奈地倒在了皇权威严中，唯有阮籍既能够表达自己的"胸中块垒"，又可以苟全性命于乱世，其全方位表达的高超智慧，值得我们学习。

一、意旨隐微、寄托遥深的文字表达

　　好的文字是对生命的致敬，是困顿中的顽强绽放。著名史学家司马迁曾说过："昔西伯拘羑里，演《周易》；孔子厄陈、蔡，作《春秋》；屈原放逐，著《离骚》；左丘失明，厥有《国语》；孙子膑脚，而论兵法；不韦迁蜀，世传《吕览》；韩非囚秦，《说难》、《孤愤》；《诗》三百篇，大抵圣贤发愤之所为作也。此人皆意有所郁结，不得通其道也，故述往事，思来者。"且看阮籍在政治高压之下如何运用文字表达"胸中块垒"。

　　阮籍的代表作品是八十二首五言《咏怀诗》，首篇最具代表性。

　　　　夜中不能寐，起坐弹鸣琴。

　　　　薄帷鉴明月，清风吹我襟。

孤鸿号外野，翔鸟鸣北林。

徘徊将何见，忧思独伤心。

《咏怀诗》是中国文学史上著名的政治抒情诗。作者要在"高空钢丝上跳舞"，其秘诀就在于意旨隐微、寄托遥深。整首诗运用孤独清幽的意象为我们勾勒出愁绪郁结、知音难寻的诗人形象，但诗人为何而愁、为何而忧，作者却不着一笔，让政治爪牙无处生发，却向后世人传达出浓重的胸中沟壑以及他的孤苦和寂寞。

二、发言玄远、言简意深的口头表达

据《晋书·阮籍传》记载，阮籍博览群书，学识渊博。晋文王司马昭"称阮嗣宗至慎，每与之言，言皆玄远，未尝臧否人物"。一方面因为博古通今，所以对当下的现状可以一眼见底，另一方面又隐忍不发，不能直率地表达见解。阮籍深知"祸从口出"，因此，他总能惜字如金，偶尔留下的只言片语也往往是言简意深，言有尽而意无穷。

《世说新语》一则，有司言有子杀母者，籍曰："嘻！杀父乃可，至杀母乎！"坐者怪其失言。帝曰："杀父，天下之极恶，而以为可乎？"籍曰："禽兽知母而不知父，杀父，禽兽之类也。杀母，禽兽之不若。"众乃悦服。阮籍通过对"杀父"和"杀母"的区分，表达出自己对当下禽兽不如的人和事的无奈和愤恨，间接地抨击了以孝治天下的当朝统治者的虚伪和愚蠢。

阮籍嫂回娘家，阮籍与之送别。而古代有"男女授受不亲""叔嫂不通问"的讲究，因此有人讥笑他不通礼俗，阮籍对曰："礼岂为我辈设也？"孔子曾经说过："人而不仁，如礼何？""礼"为形式，只有在"仁"的内核的支撑下，"礼"才能让"我辈"愿意接受，如司马氏一族，干尽不忠不义、不仁不孝之事，又以礼教约束天下人，岂不可笑！阮籍的一句质问，既在表层上回应了质疑者的声音，又在更深层次上表达出自己对于当朝统治者的嘲讽和不屑。

阮籍曾登广武城，观楚汉之争的古战场，慨叹："时无英雄，使竖子成名！"在阮籍眼中成名的"竖子"自然指刘邦之流，然而讽古从来就是为了喻今，他笔下的"竖子"又是谁呢？其矛头暗暗指向了当朝统治者。英雄反而为"竖子"压制，岂不是阮籍的又一"呐喊"？

阮籍丧母，吃肉、饮酒不节，然而形容枯槁，临诀，直言"穷矣"，吐血数升，废顿良久。有些人只做表面文章，而阮籍偏要废弃表面文章，直奔核心内容，不遵丧葬礼节，而一声"穷矣"，喊出的既是丧母之痛，也是自身的生命之痛，志向之穷。

"祸从口出"在阮籍生活的时代是实实在在的"电网"，让人感受到窒息之痛，然而阮籍却以玄远之言避开统治者及其爪牙的嗅觉，真实地表达内心的情与思。

三、特立独行、意味悠长的行为表达

《世说新语》记载，阮籍拜访苏门山之真人，与之箕踞相对，阮籍天南海北地纵谈长论，引不起真人的半点交往兴致。无奈，阮籍使出自己的"杀手锏"，"对之长啸"。真人笑曰："可更作。"阮籍复啸之后，真人以如鼓吹之啸回应，成就一段佳话。

千言万语不如一声长啸引人回味无穷，激发真情相对。在自然面前，在复杂多变的情感世界中，人类的语言太过于匮乏。我们需要运用更有效的方式表达自己。阮籍的行为表达可谓意味悠长。

1. 对上无畏无惧

司马昭位高权重，心机深沉，有言曰，"司马昭之心，路人皆知"。于其面前，无人不严肃恭敬，而阮籍却"箕踞啸歌，酣放自若"。为此，招致某些人的嫉妒，司隶何曾就对司马昭说："明公方以孝治天下，而阮籍正服母丧，却毫不掩饰地在您面前喝酒吃肉，应该将之流放，以正社会风气。"有意思的是，何曾是当着阮籍的面说的这番话，而阮籍竟能"饮啖不辍，神色自若"。这种无所畏惧的潇洒风神不仅令后人叹为观止，竟也能获得司马氏集团的欣赏,不仅不加怪罪,反而听之任之。

2. 对下悲天悯人

阮籍邻居家有一美妇,当垆酤酒。阮籍与王戎常从妇饮酒,饮酒醉后,阮籍便眠其妇侧。"夫始殊疑之,伺察,终无他意。"姓兵的人家有一漂亮而有才气的女孩子,没有出嫁就死了。"籍不识其父兄,径往哭之,尽哀而还。"阮籍抛弃世俗的偏见,不拘出身、地位,不论亲疏、远近,所爱者唯美也,唯才也。读此,可感受到阮籍悲天悯人的情怀,恰似死寂的门阀制度的淤泥中绽放的一朵莲花,明艳动人。在他人的故事里流着自己的眼泪,阮籍对兵家女子的眼泪中包含着多少对命运的无奈和对世事的愤慨啊!

3. 对中爱恨清晰

阮籍丧母,礼俗之士裴楷前往吊唁,阮籍方醉,"散发坐床,箕踞不哭";礼俗之士嵇喜来吊,阮籍作白眼。嵇喜之弟嵇康闻之,"乃赍酒挟琴造焉,籍大悦,乃见青眼"。礼俗之士来了,绝不以"礼"相待,依然故我或者白眼相向;知音深交来了,喜悦动情,青眼有加。阮籍于两千年之前竟能领略运用之,实在可敬。眼睛是心灵的窗户,根据心理学的研究,对一个人最大的惩罚,不是批评,而是冷漠。每每想起阮籍以青白眼表达自己内心的情感,不能不令人会心微笑。

总之,阮籍的行为都与时俗要求背道而驰,而其特立独行的背后又让我们深刻地感受到其思想感情的不可控制,因此,阮籍背离时俗的行为不会被钉上滑稽的标签,而往往被视为深刻的行为艺术。与阮籍同时代的王忱曾说,阮籍胸中垒块,故需酒浇之。酒是浇不灭胸中的苦痛的,而胸中的苦痛在酒的浇灌之下反而快速地生长起来,在酒精的作用下情感失去理性的控制,其就越发地特立独行。阮籍经常驾车出行,任由马儿兴之所至,日暮途穷,车不得前行,阮籍"辄恸哭而反"。阮籍所"恸哭"者为世道的黑暗,为生灵的涂炭,为理想的泯灭,正是这一切成为其怪异行为的思想支撑,与今时今日某些刻意追逐所谓个性的人分出了高下。

阮籍怪诞与个性化的文字记录和语言表达以及行为艺术实在是其展示自己的性情和思想的不得已的选择，并非其乐意为之。其子阮浑长成，风气韵度酷似阮籍，也想效仿自己的父亲。阮籍劝止曰："仲容（阮咸，阮籍之侄）已预之，卿不得复尔。"可见，阮籍的怪诞与个性应该是他寻找的表达"胸中块垒"的方式。今日有人胸中空空，也东施效颦做各种怪异言行，岂不徒有其表、空洞无知？正为阮籍等耻笑也。

司马迁笔下"善用兵者"的得与失

商场如战场，酒场如战场，人们总爱用战场来比喻和平时期的某种生活情境。那么，真正的用兵者是如何凝聚士气、聚敛人心以做到攻无不克、战无不胜的呢？《史记》为我们留下了众多的"善用兵者"形象：白起、王翦、项羽、吴起、司马穰苴、廉颇、韩信……笔者拟从德治与法治、个人英雄还是团队合作以及他们的人格缺陷等角度分析这众多"善用兵者"的成败得失。

一、立法取信与以德同心

领导的管理理念和水平对一个团队的发展与壮大至关重要。我们常说，没有教不好的学生，只有不会教的老师。对用兵者来说，好像也可以这样说，只有不会带兵的领导，没有不会打仗的士兵。乐毅带领燕军用五年时间攻下齐国七十余城，唯独莒、即墨未下。会燕昭王死，燕惠王立，惠王尝不快于乐毅，并中齐国田单之反间计使骑劫取代乐毅。田单与骑劫战，破骑劫于即墨，尽复齐国之失地。一不用乐毅则功败垂成，甚至连到手的果实也要拱手相让。项羽破釜沉舟，"楚战士无不一以当十。楚兵呼声动天，诸侯军无不人人惴恐"；韩信驱市人战十倍于己之敌军，置之死地而后生，使人人自为战，成就背水一战之战争神话。更有甚者，孙武竟然将娇娇弱弱的宫廷女子训练成"唯王所欲用之，虽赴水火犹可也"的可用之兵。队伍还是那个队伍，用之者不同，结果迥异，其中的管理艺术和管理理念值得我们深思。

（一）立法取信

没有规矩不成方圆，法律面前人人平等。这是司马迁笔下善用兵者共同的特点。司马穰苴本一贫民，因燕国入侵齐国，被齐景公擢为将军。司马穰苴与监军即齐景公之宠臣庄贾约定日中出发。庄贾自恃监军身份及国君宠爱，与亲友辞行误期，司马穰苴无惧齐景公之驰救，按军法斩庄贾以徇三军，三军之士皆振栗。孙武吴宫教战，亦无惧吴王阖闾之请求，斩杀队长二人，终使一个嘻嘻哈哈的队伍瞬间转变为一支可用之兵。

彭越曾为强盗，泽间少年百余人再三请求彭越为其头领。彭越同意，并约定第二天一早集合，迟到者斩。第二天竟有十几人迟到，最后一个人竟然中午才到。法不责众，彭越令斩最后一人。众人皆笑曰："何至是？请后不敢。"所笑之因：一者一向如此，彭越小题大做；二者迟到而已，何至于送命；三者第一次集合，第一次迟到，总有可以原谅的理由。但彭越绝不通融斩最后至者，徒属皆大惊，畏越，莫敢仰视。

汉文帝时，匈奴大举入侵，周亚夫为将军驻守细柳营。汉文帝劳军至细柳营，天子前导至，不得入，汉文帝至亦不得入，只待周亚夫传言壁门乃开。至营，周亚夫亦不行君臣之大礼只以军礼拜见天子，天子动容，群臣皆惊，文帝曰："嗟乎，此真将军矣！"

综合以上事例可见，立法取信的关键在于以下几点。第一，法不因时而改变。这个"时"尤其指立法的起始点：司马穰苴斩杀的自己带兵行军遇到的第一个违法之人；孙武处理违规事件的时机是二位女队长第一次该负责任时；彭越斩杀的是自己当首领第一次集合时的最严重之违规者；周亚夫敢于逆触汉文帝第一次慰劳自己军营时的"龙鳞"。"万事开头难""好的开始是成功的一半"，把握住执法的起始点，后续的事情就会因惯性作用而事半功倍。第二，法不因权威而改变。能够面对权威而坚持原则确实需要强大的精神支持和心理素质。司马穰苴敢于斩杀国君宠臣，孙武敢于斩杀国君宠妃，周亚夫敢于挑战国君的颜面，非常之人敢于成就非常之事，亦令后世人感佩不已。第三，法不因势众而改变。人很容易受到周围环境的影响。孟母明白其中道理，因此带领孟子三次搬家。孔子亦言："里仁为美，择不处仁，焉得知？"执法者要取信于人，则不能不从环境和群众中走出来，独自承担这种逆众和引领的责任和痛苦。彭越之所以成为首领乃泽间少年所推，杀之何忍？众人皆以为不可而彭越一意孤行，其情其志何其坚哉！

（二）以德同心

法律是冷酷的，管理中运用法律只能对被管理者的惰性起到积极的作用，防止其拖组织后腿，而无法引发被管理者的工作热情，达到最佳的组织效益。且看司马迁笔下的用兵者如何运用仁德与爱心柔化法律的铁网，激发士兵的战斗力。

司马穰苴："士卒次舍，井灶饮食，问疾医药，身自拊循之。悉取将军之资粮享士卒，身与士卒平分粮食，最比其赢弱者。三日而后勒兵。病者皆求行，争奋出为之赴战。"

吴起："起之为将，与士卒最下者同衣食。卧不设席，行不骑乘，亲裹赢粮，与士卒分劳苦。"致士卒为报恩"战不旋踵"，甘愿赴死。

王翦："日休士洗沐，而善饮食抚循之，亲与士卒同食。"遂"大破荆军"，"杀其将军项燕，荆兵遂败走"。

赵奢："为将，身所奉饭饮而进食者以十数，所友者以百数，大王及宗室所赏赐者尽以予军吏士大夫，受命之日，不问家事。"

李牧："以便宜置吏，市租皆输入莫府，为士卒费。日击数牛飨士，习骑射，谨烽火，多间谍，厚遇战士。"

田单："知士卒之可用，乃身操版插。与士卒分功，妻妾编於行伍之间，尽散饮食飨士。"

李广："廉，得赏赐辄分其麾下，饮食与士共之。终广之身，为二千石四十余年，家无余财，终不言家产事。"及死之日，"广军士大夫一军皆哭。百姓闻之，知与不知，无老壮皆为垂涕。"

窦婴："所赐金，陈之廊庑下，军吏过，辄令财取为用，金无入家者。"

在此，不一一列举。以德同心在于：第一，在物质上大度分享，与士卒同甘苦，遇到战事，士卒方能与将帅共患难；第二，在精神上给予尊重。人人皆追求尊重，无论其地位、身份如何，尊重则士为知己者死，不尊重则朝秦暮楚可也。

二、个人英雄与团队合作

所谓个人英雄就是通过领导者个人的性格、能力等散发出的独特魅力来凝聚人心，实现组织的目标与愿景；所谓团队合作就是团结所有能够团结的力量，通过建章立制，有功则奖、有错则罚，实现组织的长足发展。纵观司马迁笔下之"善用兵者"，大都属于前者。

要论个人英雄，首推西楚霸王项羽。当年，项羽与刘邦都曾经见到秦始皇前呼后拥、威风无限的出行场景。项羽曰："彼可取而代也。"刘邦曰："嗟乎，大丈夫当如是也！"从个性分析的角度出发，这两句话反映出项羽对个人能力的高度自信，刘邦则将一己之愿望隐藏于大丈夫团体之中。曾与项羽共事的卿子冠军宋义有言："夫被坚执锐，义不如公；坐而运策，公不如义。"姑且不论坐而论策，项羽是否会败给宋义，但披坚执锐宋义确实不如项羽。项羽临死拼杀一幕尤可为证明：项羽及随身骑兵二十九人被刘邦骑兵数千人追击，自知不得脱，乃曰："吾起兵至今八岁矣，身七十馀战，所当者破，所击者服，未尝败北，遂霸有天下。然今卒困于此，此天之亡我，非战之罪也。今日固决死，愿为诸君快战，必三胜之，为诸君溃围，斩将，刈旗，令诸君知天亡我，非战之罪也。"其后果如项羽所言。生死之际犹不忘证明个人勇武之力，项羽之自我认同不可谓不高也。"汉初三杰"之一的韩信对项羽的评价可谓中肯："项王喑恶叱咤，千人皆废，然不能任属贤将，此特匹夫之勇耳。""喑恶叱咤，千人皆废"乃所谓个人特质，"任属贤将"和有功必赏乃所谓制度管理。项羽的个人魅力深得士卒认可，然而终不成功者皆因无视团队力量，有一范增而不能用，将士们攻城略地，有功不赏，该舍不舍，自然该得不得也。

其次来说韩信。汉高祖曰："连百万之军，战必胜，攻必取，吾不如韩信。"可见，韩信的个人魅力、能力不仅获得群众赞誉，亦得到刘邦的认可。但越是功高盖主越是需要谦虚谨慎，韩信对自己的才能太过自信：韩信直言己之将兵多多益善，高祖只不过将十万而已。战争时期能为君主所用则君主爱之，战争结束功高过主又不谦逊，谁不忌惮？无怪乎司马迁曰："假令韩信学道谦让，不伐己功，不矜其能，则庶几哉，于汉家勋可以比周、召、太公之徒，后世血食矣。"韩信应学张良之隐逸、萧何之隐忍。韩信自视甚高，羞与周勃、灌夫、樊哙为伍，竟毫不掩饰其鄙视："生乃与哙等为伍！""勃为人木强敦厚，高帝以为可属大事。"灌夫为报父仇，独与壮士二人及从奴等入敌军，杀伤数十人乃还。樊哙乃吕后妹夫，亦有勇武之名流传于世，不知韩信为何羞与其为伍。即使羞与为伍也不需要大张旗鼓地昭告天下。可见，韩信仅凭用兵如神的个人魅力，无法凝聚可用之力，既不能谦逊对上，亦不能谦逊对下，孤高自傲地生活于世，焉能不被孤立、不被灭哉！

最后来谈李广。汉文帝亦为李广惋惜："惜乎，子不遇时！如令子当高帝时，万户侯岂足道哉！"唐代王勃曾感叹："嗟乎！时运不齐，命途多舛，冯唐易老，李广难封。"其所以"难封"者，自然与当时的政治环境和最高统治者的喜好有关，但与其自身将战争视为自我表演的舞台，忽视团队合作亦有关系。李广身上的个人英雄色彩非常浓重，曾有三匈奴兵射伤跟随李广学习骑射的宦官，李广不假思索地带领百余骑兵追击此三人。结果他的队伍遭遇匈奴骑兵数千人，亏得匈奴人误以为李广等人为诱骑，不敢轻举妄动，加之李广的巧妙应对才得以脱身。李广此次逃脱实乃万幸，匈奴人之所以坚定地认为李广为诱骑？安得不是以己度彼，射伤宦官的三个匈奴兵谁能说不会是诱骑？匈奴人都知晓的兵法与危险，李广作为驻守边防的最高将领竟毫无察觉，舍弃大军而轻易出动，难道不是过于自信的表现？与李广同时代的典属国公孙昆邪一语道破："李广才气，天下无双，自负其能，数与虏敌战，恐亡之。"李广的"自负其能"、注重自我展示、缺乏团队合作精神正是导致其"难封"的主观因素。

曾与李广同为屯边太守兼将军的程不识可谓懂得建章立制、重视团体合作的代表。李广行军"无部伍行陈，就善水草屯，舍止，人人自便，不击刁斗以自卫，莫府省约文书籍事"。程不识则"正部曲行伍营陈，击刁斗，士吏治军簿至明，军不得休息"。二人皆为名将，然士卒多乐从李广而苦程不识。

我们不反对个人英雄主义，但人类的社会性活动决定了每个人都直接或间接地需要他人的支持、配合与帮助。因此，个人英雄与团队合作应该以恰当的方式结合起来。仅有个人英雄缺失了团队合作，就好比只见参天大树一棵，不见森林葱郁一片；一个人的忙碌，一群人的闲散，怎会有组织效益的最大化呢？仅有团队合作而缺失了个人英雄，就好比一潭平静的湖水难有美丽浪花的激情，当领袖需要身先士卒，要求手下做到的自己当然要做到，并且要做到前面、做到最好。英雄当正确地认识自我，知己优劣之所在，也要有海纳百川的胸怀，分得了果实、受得了委屈、忍得了寂寞，这样才能以其人格魅力、依靠团队之力带领组织走向一个又一个成功。

三、睚眦必报与草菅人命

虽说有仇不报非君子，然君子以人为本，睚眦必报实乃以怨报怨，小仇报以大恨，真心不可为。"或曰：'以德报怨，何如？'子曰：'何以报德？以直报怨，以德报德。'"你对我不仁，我以正义来对待你；该秉公处理就依法处理，不会多加怨恨。这就是以直报怨。然而司马迁笔下的善用兵者确有一些睚眦必报的实践者。

项羽攻破咸阳后，有人劝说其建都关中，项羽心怀江东曰："富贵不归故乡，如衣锦夜行，谁知之者！"劝者曰："人言楚人沐猴而冠耳，果然。"项王闻之，烹之。

吴起少时，家累千金，游仕不成，破败其家，乡党笑之，吴起杀其谤己者三十余人。

当局者迷旁观者清，睚眦必报者与以直报怨者之优劣，明矣！

有战争必然有杀戮，本也无可厚非，但坑杀降卒、屠城，伤及无辜平民和手无寸铁之人，让人无法谅解。

白起帅秦军攻赵国，赵国败，卒四十万人降白起。白起恐赵人反覆，非尽杀之，恐为乱。乃挟诈而尽坑杀之，前后斩首俘虏四十五万人。

项羽更甚，连无惧杀戮的韩信亦言："项王所过无不残灭者，天下多怨，百姓不亲附，特劫于威强耳。"项羽等诸侯兵先时多为秦之苦役，遭秦吏卒多般折辱。及秦军投降项羽等诸侯军，诸侯吏卒又乘势折辱秦吏卒，致使秦吏卒多有怨言、二心。诸将闻其风声，以告项羽，项羽乃命夜击坑秦卒二十余万人于新安城南。后，项羽引兵入咸阳，屠城，烧秦宫室，火三月不灭，收其货宝妇女而东。

李广尝为陇西守，羌尝反，李广诱而降，降者八百余人，广诈而同日杀之。

屠城与坑杀的恶果就连十几岁小儿都明白：项羽攻外黄，数日乃降，项王怒，悉令男子年十五已上诣城东，欲坑之。外黄一年十三小儿，往说项王曰："彭越强劫外黄，外黄恐，故且降，待大王。大王至，又皆坑之，百姓岂有归心？从此以东，梁地十余城皆恐，莫肯下矣。"项王然其言，乃赦外黄，东至睢阳，闻之皆争下项王。

草菅人命者，人民必奋起反击之，终无善果、善终，岂非报也？商场如战争，且思当今不见战场快速屠城者，遍见商界慢速屠城者：超标农药、违规添加剂、环境污染、情感冷漠、道德滑坡，其为之者，可不与草菅人命者同一战壕哉？！岂无报乎？！

说者无意　听者有心

　　语言艺术自古至今被人所重视，时至今日，高超的沟通艺术依然被认为是成功人士必须具备的素质之一。说者无意，听者有心，"一千个读者就有一千个哈姆雷特"，谁也不知道他人在你的话语中听出了怎样的含义。

　　《韩非子·外储说左上》记载了一个"郢书燕说"的故事。有个楚国人给燕国宰相写信，因为晚上光线太暗，就对拿蜡烛的人说："举烛。"一边说一边把"举烛"二字写到信上。燕国宰相得到书信后，高兴地说："举烛就是崇尚光明，崇尚光明就是举贤授能。""举烛"并非书写者本意，却深入燕相之心，因为燕相心中早已有"举烛"的种子。

　　《史记·项羽本纪》记载了妇孺皆知的"鸿门宴"的故事。刘邦先入关中，带领十万军队驻扎在霸上，项羽带领40万军队驻扎在新丰鸿门，双方皆有称霸天下之志，战争一触即发。智囊张良力劝刘邦往见项羽，扭转不利局面。一见面，刘邦不卑不亢地陈说自己所行的正义性。项羽很是惭愧，顺着刘邦说言的"今者有小人之言，令将军与臣有郤"说："此沛公左司马曹无伤言之，不然，籍何以至此？"项羽轻飘飘地一说，刘邦的心一沉，曹无伤的性命随后便没了。

　　三国名士崔琰因言被杀。崔琰姿态高雅，眉目疏朗，美须飘然，很有威仪。《世说新语》记载了一则魏武帝曹操因为自己相貌丑陋，不足雄远国，因此让崔琰代替自己接待匈奴使者的故事。崔琰为世人仰望，为曹操敬惮。一日，崔琰所举荐的杨训上表称赞曹操的功绩，夸述曹操的盛德，被时人讥笑，并认为崔琰荐人不当。崔琰看过表文，写信给杨训说："省表，事佳耳！时乎时乎，会当有变时。"崔琰的本意是安慰杨训并捎带对那些吹毛求疵之人发一点牢骚，但曹操认为"耳"不是个好词，很不恭顺，后终于赐死崔琰。崔琰之死早已注定，省表之事仅为导火索而已。

《新唐书》记载了孟浩然"转喉触讳"的故事。孟浩然是初唐著名的山水诗人，年轻时却有着一腔济世救民的入世情怀。一日，孟浩然造访友人（或曰王维、李白、张说、李元绂），谈兴正浓，忽然唐玄宗驾临。浩然本布衣，错愕伏床下。友人不敢隐瞒，奏之玄宗。玄宗诏见并命其吟诵诗歌，当孟浩然吟诵至"北阙休上书，南山归敝庐。不才明主弃，多病故人疏"时，唐玄宗忿然曰："朕未曾弃人，自是卿不求进，奈何反有此作！"因命放归南山，以致终身不仕。诗人本多愁，帝王太认真，因一言而废一人，实在可惜。

《能改斋漫录》记载了北宋婉约派词人柳永被迫奉旨填词而落魄一生的故事。宋仁宗即位后留意儒雅，而柳永专愿写闺情别怨的婉约词，尤其喜欢为歌姬们写艳词。其词声名远播，"凡有井水处，即能歌柳词"。仁宗洞晓音律，对此颇为不满。等到柳永三番五次地参加科举考试时，宋仁宗淡淡地说，既然想要浅斟低唱，何必在意虚名，遂划去柳永之名。柳永就是有一千个不愿意也只能"奉旨填词"，沉溺于烟花巷陌，在歌伎的多情眼神中，消磨了一生的理想。牢骚岂是可以乱发的吗？柳永就随便那么一发，有人听了却是心头深深地一颤。

苏轼是一个"一肚皮不合时宜"的人，革新派变法他反对其中的急切，保守派上台他反对对新法一概否定。这样一个天真烂漫又很有思想的人终于惹来了"乌台诗案"。那些天才的谎言编造者生生地将苏轼的诗句"赢得儿童语音好，一年强半在城中""读书万卷不读律，致君尧舜知无术""东海若知明主意，应教斥卤变桑田""岂是闻韶解忘味，尔来三月食无盐"，与变法的各项条文发生联系，给苏轼扣上反对新法的罪名。

　　语言本就是外在形式，通过语言这种形式去把握内在的意义其实并不容易，如果又特意带着有色的眼镜，对语言进行主观的曲解，那语言的意义真的就是仁者见仁、智者见智了。我们看到的只是我们想看到的罢了，所以说话真的需要谨慎。

　　《史记·管仲传》记载了"管鲍之交"的故事。春秋时期的政治家管仲和鲍叔牙是好朋友。起初，管仲和鲍叔牙合伙做买卖，管仲出的本钱少，可是到分红的时候，他却要多拿。他人骂管仲贪婪，鲍叔牙却说："他哪里是贪钱？他是因为家里穷而已。"管仲帮鲍叔牙出主意，结果事情越办越糟，鲍叔牙反而安慰管仲说："事情不成功，不是因为你的主意不好，而是因为时机不对。"管仲曾经做了三次官，但是每次都被罢免。鲍叔牙认为管仲这个千里马只是没有遇到伯乐罢了。管仲曾经带兵打仗，进攻的时候他不敢向前，退却的时候他却跑在最前面。鲍叔牙理解管仲不是怕死，而是因为管仲有老母亲需要赡养。所以管仲深深地感慨："生我者父母，知我者鲍子也。"

　　后来管仲在鲍叔牙的帮助下得到齐桓公的信任，在齐国推行自己的政治改革，名扬天下。管仲却在临终之时，面对齐桓公询问是否可以让鲍叔牙来接替他的相位的问题时，竟然给出了否定的回答。当时的奸臣易牙不怀好意地将管仲的回答告诉鲍叔牙，鲍叔牙听后哈哈大笑："管仲举贤为国，他所推荐的隰朋比我强多了！"鲍叔牙的这一回答真的让易牙大跌眼镜，管鲍之相知何其深也。是的，懂得比爱更重要，鲍叔牙深深懂得管仲的一言一行，所以他从来不会曲解管仲本意，管仲何其幸也！面对其他人的悲剧，我们也只能说，你可以不懂得，但千万别有意曲解。

像唐僧一样念紧箍咒

如果有人问你：唐僧会念紧箍咒吗？你会怎么回答？我将十分肯定地告诉他：唐僧会念紧箍咒，而且不仅唐僧会念，我们每个人都会念，只不过念得道行深浅不同罢了。当你心情不好的时候，找三五知己倾诉一番，在知己的条分缕析之中，你的心情豁然开朗；你的心情很好，恰逢上司心情不爽，几句不雅之语便可将你带进头痛欲裂的不堪境地。如果我们称后者为紧箍咒，不妨将前者称之为松箍咒。在工作和生活中，如果我们无视语言的威力，那么每个人都可能成为我们的"唐僧"，让我们在他们的语言魔力下晕头转向；如果我们重视语言的威力，那么我们可以成为道行高深的唐僧，让他人在我们的语言魔力下欢欣喜悦。

一、高度认同语言魔力，提升自身防御能力

要想恰当地运用语言、向他人施展语言的魔力，首先自己要认同语言是有魔力的，只有在这种认同的支配下，我们才能通过各种途径提升自身的语言魅力。对于语言的魔力，古人早有认识。刘勰在《文心雕龙·铭箴》中说："箴者，针也，所以攻疾防患，喻针石也。斯文之兴，盛于三代。""针石"，即古人治病用的石针和药石，"三代"指夏、商、周三个朝代，由此可见，古人早已经认识到语言的巨大魔力。

毛主席曾推荐过西汉时枚乘写的《七发》。这是一篇赋体散文，主要内容是假托楚太子与吴客两个人物之间的对话，论述人生的至高哲理。全

文共分八段，而文章的开头是"楚太子有疾，吴客往问之"，接着就从这个"疾"字引发了一连串令人拍案叫绝的议论。吴客理直气壮地告诉楚太子：你的病太重了，简直无药可医。接下来六段吴客分别从音乐、饮食、车马、宫苑、田猎、观涛等生活的角度描述其中奇妙之处，启发病中的楚太子强起为之，太子皆曰："仆病未能也。"最后，顺势一转，客曰："将为太子奏方术之士有资略者，若庄周、魏牟、杨朱、墨翟、便蜎、詹何之伦，使之论天下之精微，理万物之是非；孔、老览观，孟子持筹而算之，万不失一。此亦天下要言妙道也，太子岂欲闻之乎？"于是太子据几而起，曰："涣乎若一听圣人辩士之言。"泠然汗出，病好了。

吴客提醒楚太子聆听圣人之语，用高超的思想境界来抵制腐朽愚昧的生活方式。听到吴客这样说，楚太子忽然出了一身大汗，病全好了。

另传，汉文帝少时愚笨，通过读诵奇文，后来当上了皇帝，勤政为民，开创了"文景之治"的盛世局面。

从古至今的诸多事实证实了语言魔力的存在。对于职场中人，要不断提升自己的语言能力，并防范他人语言的威胁，当自身的情绪受到他人语言的冲击时，要马上意识到这是他人在施展其语言魔力，要提高自我保护的意识，防止自身受到超出于事实本身的伤害。

二、失败沟通与成功沟通之古例分析

《战国策》记载了一个"掩袖工馋"的故事。话说战国时期，魏王为了讨好当时的大国楚国，就送给楚怀王一位美女。喜新厌旧本来就是人的本性，楚王自然更喜欢这位美女而冷落了一直受宠的王后郑袖。让人不可思议的是，郑袖不但不生气，反而是千方百计地对这位美人好，什么珍奇异宝、宫室用具、服饰玩物，只要美人喜欢，郑袖就毫不吝啬地赠送，楚怀王感动于郑袖的大气，更加信任郑袖。这时候，郑袖认为自己的铲除魏国美人的计划可以施行了，于是郑袖就对魏国美人说："大王觉得你哪儿都好看，唯独你的鼻子是白璧微瑕，如果你以后见大王时，把鼻子掩住，大王就更喜欢你了。"这位美人听了郑袖这位"知心姐姐"的话深信不疑，就按她说的去办了。楚王见到掩鼻的魏国美人大为不解，他不直接问魏国美人为何如此，反而问郑袖原因何在。郑袖欲擒故纵，在楚王的再三追问下，她才好像很不想说地说出了自己恶毒的计谋："她好像是厌恶大王您身上的味道。"楚王听后，勃然大怒，下令把这位美人的鼻子割掉了。这位美人真的很可悲，她到死都不知道自己是因何而死，同时，楚怀王的愚蠢也可见一斑，有疑问不给当事人以解释的机会，反而听信他人谣言，显示了自己的愚蠢。

《后汉书·梁鸿传》记载了梁鸿与其妻孟光举案齐眉的故事。梁鸿，汉朝末年扶风平陵人，尽管家境不好，但德才兼备，很多有权势的家庭都想把女儿嫁给他，但是梁鸿都没有同意。同县孟氏家境不错，有一女儿，长得面目黑而身材粗壮，力气大得可以举起石臼，年龄大了却还没有嫁出去。父母问女儿为何不想出嫁，该女回答："欲得贤如梁伯鸾者。"梁鸿听说了该女的心事，竟然同意娶她并下了聘礼。婚礼之后，夫妻俩夫唱妇随，男耕女织，隐居于深山田野之间。每次梁鸿工作回来，孟光都做好饭菜，并将放有饭菜的食案置于高于眼睛的位置送给梁鸿吃。夫妻俩为之打工的主家看到夫妻俩的这一情景，深知梁鸿绝非一般人，从此特别敬重他。在这个故事中，笔者特别佩服的是孟光在沟通方面的大胆。在当地那么多比自己年轻漂亮的女孩频频向梁鸿投送橄榄枝的情况下，她毫不畏惧，大胆说出了自己的心声，当然也佩服她的父母竟然没有嘲笑她，也没有采取各种方式打消她的"痴心妄想"，竟然会去主动跟梁鸿沟通，事情竟然就成功了。如果不去主动沟通怎么会有举案齐眉的故事呢？笔者还非常佩服梁鸿高超的夫妻沟通技巧，拿破仑曾经说过："侍从眼中无伟人。"距离产生威严、产生美丽，几乎没有距离的夫妻之间最不易产生尊敬之情，而梁鸿就做到了，让自己的妻子一如既往地敬自己、爱自己。

三、坚持全面学习，提升自身语言能力

世界上最可敬畏的人就是不断学习的人，当前终身学习的观念已经深入国民之心，要想提升自己的语言能力，当然离不开学习。这里的学习指利用一切可以利用的时间和途径向古今中外所有的语言高手学习。一谈到学习，有些人就会很无奈地说：你看我工作多忙啊，哪还有工夫学习？在他们眼中，忙碌的工作与学习是截然对立的，殊不知，工作和学习却是一对相互扶持、共同成长的兄弟。在忙碌的工作中我们应该思考是否有更高效的方法来完成任务，以此来降低忙碌感。而这种方法的获得除了已有的经验和适度的思考，就只剩下学习之后的融会贯通了。有了更高效的工作方法我们的工作就会轻松起来，这样就有了更多的时间进行学习，而更多的学习会让我们进一步提高工作效率，这种良性循环会让我们的工作快乐而充实。任何人的成长、成功都离不开学习，成功人士尚且需要学习，何况我们呢？

排除了学习的障碍，接下来就看采取什么样的措施学习了。"看"的措施，我们可以通过书籍、网络等途径关注他人关于提升语言水平的经验总结，以此获得理论指导。"听"的措施，无论何时何地，我们要有听的意识，要愿意听，听他人讲什么、如何讲、结果如何等，并不断提问：如果是我，我会怎么讲？"写"的措施，所谓"好记性不如烂笔头"，对于通过看和听发现的重要的方法，我们要有意识地将其写下来以加深印象。"行"的措施，实践是检验真理的唯一标准，我们通过前三者获取了提升语言魔力的理性认识，但要真正将其转化为自己的语言力量就必须将其运用到实践当中来，在实践中印证、补充、发展。

语言是思维的外在表现，没有高远的思维、洞悉他人内心的智慧，如何能够说出让人茅塞顿开的话语？而获得高远的思维、洞悉他人内心的智慧，最简单的办法就是不断地学习书籍等有字之书和社会这本无字之书。

四、换位思考说到对方心里去

有这样一则三国时期的小故事。有一次，陈琳写好了几篇公文，呈请曹操定夺。当天，曹操正被头痛病折磨得苦不堪言，但事关军国大事，又不能不处理，便强打精神看文书。看着看着，曹操兴奋得从床上一跃而起，高兴地说："这篇文章写得太好了，把我的头痛病都治好了！"当即吩咐手下人厚赏陈琳。

陈琳起草的公文为什么能疗治曹操的头痛病？我想，其原因在于陈琳能运用换位思考的方式，了解曹操的心思，说出了曹操郁结在心但一时又难以说明白的话。加之陈琳是文字高手，其文章气势刚健、酣畅淋漓，曹操也有较高的文学素养，说到妙处便有"心有戚戚焉"的感触。因此，曹操的头痛病遽然而止，便在情理之中了。

文学创作中有一些永恒的话题，如爱情、友情、亲情等。其实，职场中的谈话也有一些永恒的话题，年轻人喜欢向前看，我们可以与他们一起畅谈未来的规划；中年人事业有成，我们可以与他们共同分享创业的经历；老年人饱经沧桑，我们可以向他们请教人生的经验。我们可以与女性谈保养，与男性谈保健；我们可以与父母谈孩子，与孩子谈娱乐；我们可以与教师谈教育，与医生谈健康，与工程师谈土木，与公务员谈民生……总之，相同身份、年龄、地域的人总有一些共同喜好的话题，只要我们把握好对方的心理，采用换位思考的方式就可以很快找到让对方感兴趣的话题，把话说到对方心里去。

当然，提升自己的语言能力不是一夕一朝之功，必须具有坚韧的毅力、持之以恒的精神，在不断的学习中锻造自己的语言魔力。

过去，说不得？

　　中国自古有为尊者讳、为长者讳的传说。譬如，我们不能直呼长者、尊者的名字，称之为名讳；而对于长者、尊者不太光鲜的过去也要刻意掩饰和美化。如果这种尊崇和掩饰是他人自愿的一种行为，我们无可厚非。但是，如果是我们自己刻意地遗忘和掩饰，就不值得提倡了。因为，忘记过去就意味着背叛，一个国家、一个民族、一个人，如果不愿意承认过去、刻意掩饰过去，那么离毁灭或者疯狂也就不远了。

　　在纷争不断的战国时期，国君的女儿会因为国家利益而被父亲、兄长随意指派出嫁，国君的儿子也会因为国家的利益被父亲、兄长指派到异国他乡做人质。秦始皇嬴政的父亲异人就是这样被派往赵国做人质。幸运的是，异人被在赵国做生意的吕不韦发现了其"奇货可居"的特质，得到了其父安国君的认可，有实力竞争秦国王位，同时也得到了吕不韦的小妾赵姬，从而生下了嬴政。嬴政三岁的时候，父亲异人在吕不韦的帮助下逃回了秦国。嬴政和他的母亲赵姬留在了赵国。六年以后，异人成功升级为秦王，赵国迫于秦国势力将嬴政和赵姬送回秦国。正是在赵国的这9年时间里，嬴政遇到了同样做人质的燕太子丹，同样的遭遇让二人成为好朋友。又过了三年，嬴政登基成为秦王，后又在秦国见到了被派到秦国做人质的燕太子丹。

　　燕太子丹本以为有儿时玩伴嬴政的照拂，要好过在赵国做人质，但秦王嬴政对这位老相识并不友好，反而是百般刁难。太子丹请求回到燕国，秦王嬴政给他的答复是："天雨栗，马生角。"燕太子丹有多少希望就会有多少失望，有多少失望就会生发出多少仇恨。他恨嬴政，于是偷偷逃回燕国，谋划刺杀秦王嬴政，后有了荆轲刺秦王的故事。

嬴政不待见太子丹，原因在于以下两点。首先，嬴政是法家思想忠实的信奉者，在他的字典里没有亲情、友情，更何况9岁以前与太子丹一起谈天说地、玩乐游戏的时光可能在成年的他看来都是可笑的、不愿意为他人知晓的过去；其次，嬴政要成为最伟大的君主，就应该是神秘的、无法捉摸的存在，怎么会如平常小儿那样行为处事呢？所以他拒绝那段与当下身份背离的时光重现，对待燕太子丹也就没有所谓的"有朋自远方来，不亦乐乎"了。

嬴政是天生的"政治动物"，政治与情感从来不相容。燕太子丹妄图以儿时的情感打动嬴政，以便有利于燕国和自己的人质生活，有可能是适得其反，不说还好，说了，期待了，现实更残酷。嬴政不想谈过去之情，他的生命里只有未来而没有过去。不愿回顾过去的嬴政开拓了中华民族新的疆域，却为自己王朝的覆灭埋下了颗颗炸雷。

在秦二世暴政的围困中，贫贱的打工者陈胜面对因大雨延误到达目的地要被处死的困境，振臂一呼："壮士不死即已，死即举大名耳，王侯将相宁有种乎？"首先揭开了反对秦王朝残暴统治的序幕，天下英雄云集响应。当时，英雄之中的英雄当首推陈胜。后来，陈胜在陈地称王，时人呼之为陈王。这时，大概是曾经与陈胜一起打工的故人想起了陈胜曾经在田间地头说过的"苟富贵，勿相忘"的话语，就带着寻找富贵的心思来到陈地寻找陈胜。经过一番周折，故人终于见到了陈胜，一开始陈胜应该是开心的，老乡见老乡总是有种莫名的兴奋吧。但时间一久，这位故人因为欠缺人际交往的经验，也可能是本性使然，渐渐地将陈胜曾经的不太光鲜的往事告知众人。陈胜听后大为光火，将故人斩首，结果导致"诸陈王故人皆自引去，由是无亲陈王者"。

陈胜故人的做法自然是不对的，聪明的人不会做这种让人恼火的揭人伤疤的事情；他也不是真正爱护陈胜的人，因为如果爱护陈胜，自然会自觉地维护陈胜的形象，怎么会去做有损陈胜形象的事情呢？但从陈胜的角度出发，他在处理这件事时的表现也让人失望，他最终失败的下场也是可以预见的。首先，陈胜不聪明，他大概是没有读过历史的，如果读过，他应该明白杀一故人而使众多故人寒心的道理：平原君不杀笑跛者之美人，终致门客流失过半；郭隗劝燕昭王千金买骨、礼贤下士，从身边人做起，终于使燕国富强差点灭亡齐国。兔死狐悲，唇亡齿寒，有识之士谁人不知、谁人不晓呢？陈胜仅仅因为故人说出了自己过去不光鲜的历史就杀人，实在是愚蠢的做法。钳住眼前故人之口易，钳住天下人悠悠之口难啊。其次，陈胜也是不够善良的，故人的口无遮拦并非有意要诋毁他，而是无知的表现，他完全可以找人教育或者和他好好沟通，怎么就必须要杀之而后快呢？在权力的光环之下，陈胜变得既愚蠢又狠毒，其失败岂可免乎？

汉高祖刘邦本是一介平民，借着陈胜、吴广起义的东风，在秦末英雄逐鹿的风云变幻中，礼贤下士，广纳善言，艰难跋涉，终于建立了为后世敬仰的大汉王朝。刘邦是布衣出身，跟随他征战天下的大多是至交好友，譬如妹夫樊哙，同事加领导萧何，同年同月同日生的发小卢绾，坚定的跟班夏侯婴，等等。当刘邦身居高位，曾经的战友依然还是把他当成乡下的那个"刘老三"。据司马迁《史记》记载，"群臣饮酒争功，醉或妄呼，拔剑击柱，高帝患之"。这些人率性而为，饮酒无节制，借着酒性争论谁最厉害，及至大醉就开始狂呼乱讲，讲过去的恩怨情仇、少年轻狂，后来有人就开始舞刀弄枪地发泄一番。看到这一切，刘邦自然很生气，一方面因为群臣的不可控，另一方面这其中肯定也会牵扯出自己不愿提及的过往。

当然，刘邦不会像陈胜一样生硬地处理，如果那样他就不会成为汉高祖了。公平地说，刘邦在历代皇帝中不是一个小肚鸡肠、嗜杀如命的人。这时候，一个重要人物适时地出现了，他就是大儒叔孙通。叔孙通在刘邦的授意之下，融合夏、商、周、秦四代的礼乐为汉高祖制定了汉朝礼仪制度，当刘邦看到群臣整齐划一地三跪九叩、声震苍穹地高喊"万岁"、规规矩矩地肃立一旁而"无敢喧哗失礼者"时，开心地说："吾乃今日知为皇帝之贵也。"

刘邦的气度与胸怀与陈胜自是不同，他不拘小节，又知错能改。他一边让女子给自己洗脚，一边接见投奔自己的高阳酒徒郦食其，被郦食其一通教育后马上整理衣冠，请郦食其为上宾。因此，刘邦对自己的过往应该不是特别介意的，但不是一点都不介意，否则，他就不会在自己当了皇帝之后当着众人的面质问自己的老爹："当初您说我是兄弟三人中最没有出息的人，您看看我现在拥有的产业。谁最有出息啊？"正因为如此，当刘邦听到和看到群臣胡言乱语、行为失当时，他没有大开杀戒，而是选择一种更温情的方式——以礼治国，最终保证了大汉王朝四百年的基业长青！

狄青，北宋名将，善于骑射，勇而善谋，人称"面涅将军"，在北宋和西夏的战争中，披头散发，戴铜面具，冲锋陷阵，立下赫赫战功。当时名臣尹洙、韩琦、范仲淹等人对他非常赏识。狄青出身贫寒，自少入伍，范仲淹就教他读《左氏春秋》，并对他说："如果将帅不懂历史，只不过是匹夫之勇罢了。"从此狄青发愤读书，深入研究兵法名作，作战更加游刃有余。狄青在北宋重文轻武的时代背景下，从行伍出身，终于成长为一名朝野知名、敌人惧怕的大将军，被宋仁宗称之为"朕之关张"，可见宋仁宗对他的倚重和信任。但时代的底色总是难以因为个人的色彩而彻底改变，最终狄青因为文官集团的排挤以及北宋皇帝对武将一直以来的不信任郁郁而终。

狄青十六岁时，因其兄与他人斗殴，狄青仗义替兄受过，面部留有黑色的刺字，后来虽军功显赫，但脸上的黑疤还在。宋仁宗看到狄青带着黑疤出入朝堂，游走于鲜衣怒马的士大夫之间有些不协调，就劝狄青敷药除掉黑疤。狄青指着自己的脸大方地说："陛下根据功劳提拔我，从没有过问我的出身；我之所以有今天，就是因这些疤痕的激励，我希望好好保留它，以便鼓励兵士，无论出身如何只要努力为国杀敌，也一样可以封侯封将，因此不敢奉行您的命令。"有些人千方百计地想抹去不光彩的过往，不惜杀故人，但也只能是掩耳盗铃、自欺欺人罢了。如果陈胜可以用时光穿梭机来到北宋见到狄青，看到狄青面对过去经历时光明磊落的态度，不知会作何感想。

人谁无过？过而能改，善莫大焉。《论语》曰："君子之过也，如日月之食焉。过也。人皆见之；更也，人皆仰之。"过去的自己曾经是那样的见浅识短，今朝的自己是如此的光辉照人，这不正体现出一个人不屈服于命运的坚韧和决不放弃一己之努力的成长吗？这难道不是最值得骄傲的事情吗？大方地承认过去，恰恰是一个心胸开阔者幸福人生的基石啊！

朱元璋，一位贫民出身的皇帝，作为大明王朝的开国之君，打下一片江山，却对自己的过往耿耿于怀。他尤其忌讳他人知道自己曾经当过乞丐和僧人的经历，恨不能清除人们头脑中的记忆。开国功臣郭德成随朱元璋征战沙场，战功赫赫，他淡泊名利，屡次拒绝封赏，尤好饮酒为乐。朱元璋很喜欢郭德成，经常邀请他去后花园喝酒。一次，郭德成大醉，在朱元璋面前衣冠不整，头发凌乱，醉态毕现。朱元璋打趣他道："你看你这披头散发、语无伦次的样子，还真是个醉酒的疯汉！"郭德成摸着散乱的头发，随口而出："皇上，我最恨这乱糟糟的头发了，要是剃了光头，那才痛快呢！"郭德成酒醒后想起自己如此失言，万分恐惧，为保性命，他干脆一不做二不休，真就剃了头做了和尚。朱元璋见状，才相信了郭德成并不是在侮辱他，而是真心想剃度出家，心中的疑虑才渐渐消除，否则，郭德成的性命可能休矣。郭德成凭借战功和机智终于逃过朱元璋的嫉恨，但并不是所有人都有如此幸运。洪武年间，浙江杭州府学一教授因在《贺表》中写有"光天之下，天生圣人，为世作则"等言，竟被朱元璋读出了"弦外之音"（"生"者，僧也；"光"者，无发也），犯了朱元璋的忌讳，最终惨死，真是冤枉得很啊。

朱元璋曾参加过郭子兴的队伍，干过打家劫舍、杀人放火的勾当，所以他对"贼"字特别敏感。据说因为一个"贼"字，朱元璋曾下令杀了几十人，不仅不能提到"贼"，连与"贼"读音相似的"则"字也不能幸免：浙江府学教授林元亮曾写"作则垂宪"，福州府学训导林伯璟曾言"仪则天下"，常州府学正孟清曾上"圣德作则"。这些人本来捧着一颗对朱元璋的炽热的赞颂之心，不曾想换来的却是身首异处之罚，马屁没拍着，反而被马踢死了，岂不冤哉！

由于朱元璋的忌讳太多，大臣和老百姓都怕了，一个不小心，就触碰了朱元璋的忌讳，连起个名字也可能引来杀身之祸。于是礼部官员斗胆请求皇上，下一道诏书以供下民参考，让臣民知道哪些字词能用，哪些字不能用，从而减少了被杀头的危险。

过去说不得吗？如果从善意的角度去说，又从自信的角度去听，自然说得；如果从恶意的角度去说，又从悲观的角度去听，如何说得？拥有幸福能力的人会说也会听。

　　"人过留名，雁过留声。"中国人一向很爱惜自己的羽毛，自己有好的一面希望史书广泛传扬，自己不好的一面最好秘而不宣、无人知晓。人类在不朽的路上追求了几千年，而中国人更多地追求一种名声的传扬，恰如《左传》所言："太上有立德，其次有立功，其次有立言，虽久不废，此之谓不朽。"因此，中国人从小就怀有修身齐家、治国平天下的豪情，希望为国家奉献自己的一分力量，将自己的一生深深印刻在民族发展的历史长河之中。只要能在历史上留下自己那个光辉耀眼的名字，哪怕是"文死谏，武死战"，好像也在所不惜，但如果一想到自己可能会留下有污点的历史记忆，他们也会想方设法地去阻止、改变或弥补。

　　《后汉书》记载，汉末社会动荡，皇权旁落，群雄并起，民不聊生。王允用连环计除掉了刚愎自用、荼毒生灵的董卓，为汉室的延续立下汗马功劳。而董卓虽为一莽夫，但也知道为自己的统治装点门面，软硬兼施地逼迫名士蔡邕前来报到上班。蔡邕无奈，只好应命。董卓对到任后的蔡邕相当敬重，蔡邕的官职也是不断迁升。后董卓被灭，蔡邕与王允闲聊，说起董卓，复杂情绪涌上心头，不觉为之叹息。王允见状勃然大怒，呵斥蔡邕不应为乱臣贼子伤感，失去了汉臣应有的气节，于是将蔡邕收押。蔡邕上表，请求以黥刑、膑刑代替死刑，以求继续完成汉史。当时很多士大夫都极力为蔡邕求情，但王允认为，过去汉武帝不杀司马迁，让他写出《史记》这样的毁谤之书，流传于后世。现今国运衰落，政权不稳，不能让蔡邕这样的奸邪谄媚之人在幼主旁边写文章。因为这既不能增益圣上的仁德，又令朝廷蒙受毁谤议论。最终蔡邕死于狱中。听闻蔡邕的死讯，著名经学家郑玄叹息道："汉世之事，谁与正之！"

蔡邕无论是音乐、书法还是文学创作都取得了世人瞩目的成就，他的女儿蔡文姬也是有名的古代才女。曹操为了表达对蔡邕的崇敬之情，千里迢迢地将流落匈奴的蔡文姬迎回国以整理蔡邕的书籍和创作。这样的蔡邕如果没有王允的固执己见，我们可以期待他的汉史成为彪炳史册的精品吧。但历史从来没有如果和假设。王允因为害怕自己在历史上的形象会毁在蔡邕身上，决然地处死了蔡邕。随着蔡邕的死去，世人也将遗憾的目光投向王允。

褚遂良，唐朝政治家、书法家，其书法与欧阳询、虞世南、薛稷并称"初唐四大家"。他为人耿介，唐高宗时期，高宗欲立武则天为皇后，褚遂良坚决反对，他将官笏放在台阶上，把官帽摘下，不断叩头以致流血。这使得高宗大为恼火，而坐在皇帝后边的武则天更是恨不得立刻将他处死。坎坷的命运和凄凉的晚景难掩褚遂良人格的光辉。

褚遂良不仅顶撞过唐高宗，面对唐太宗也是直言敢谏。贞观年间，褚遂良负责起居注。所谓起居注，就是我国古代记录帝王言行的记录，有一次唐太宗问褚遂良："爱卿负责起居注，记的都是什么事？我可以查看吗？"褚遂良回答说："起居注，记的是人君的一言一行，记下君主的善恶，目的是对君主起到约束和警诫的功效。臣还没听说过有哪位帝王亲自查看史官记录的。"太宗说："如果我有不好、不对的地方，你也必须记下来吗？"褚遂良说："臣的职责就是记录，所以您的一举一动必须记录下来。"就这样，唐太宗在褚遂良那里碰了一鼻子灰，幸亏唐太宗是明君，否则后果也是不堪设想的。

像唐太宗这样的明君尚且害怕史官将自己不光彩的一面记录在案、流传后世，那么某些庸君、昏君是不是就更害怕了？其实也未必，古代的昏君、庸君因为只将生命付之感官享受，今朝有酒今朝醉，管他民众死与活，所以也就不在乎历史的记录了吧，否则，他们的荒唐和出格真的很难解释。唐太宗自登基以来一直勤于朝政、勇于纳谏，致力于强国富民的大国梦想。作为一位帝王，他是非常优秀的，但他一生的痛点是在成为帝王之前，在成为帝王路上的阴谋权变。宣武门之变中，他杀死了自己的长兄李建成和四弟李元吉，并逼迫老爸李渊立自己为新任皇太子，最终取得大唐政权成为唐太宗。那些血腥和阴谋，唐太宗自然是不希望后人知晓的，即使知晓也是对方的不仁不义，而不是自己的血腥杀戮，所以他太想看看史官如何记录自己、评价自己了。而历史上如褚遂良一样忠于职业操守的史官又有几人？

宋太祖赵匡胤也算是历史上有才有德的好皇帝了，古代历史上权臣篡位的成百上千，被篡位者往往是人为刀俎、我为鱼肉，只有等待挨宰流血的份儿，即使父子、兄弟之间也是免不了血雨腥风的斗争的，可是赵匡胤本着一份愧疚和良知，善待了后周恭帝，让其衣食无忧地了此一生。中国历史上这样对待前任皇帝的还真是少有啊。另外，每个开国皇帝都会面临与功臣的权力之争，最终免不了大开杀戒，在一片杀戮中将功臣收拾干净。唯有赵匡胤与众不同，他在推杯换盏之间，劝石守信等有功之臣主动解除兵权，回家颐养天年。这就是智慧的赵匡胤，也是善良的赵匡胤，但这样智慧而善良的赵匡胤有时也会犯浑。

宋代司马光的笔记《涑水记闻》里有记载，宋太祖有一次在后花园打鸟雀，玩兴正浓，有人说有急事求见。宋太祖急忙召见，一听之下，这个臣子所奏报的也不过是寻常的事罢了。宋太祖大怒，责问那位大臣为何将寻常之事说成有急事。大臣回答："我以为我说的这些事都要比打鸟雀重要。"宋太祖更加恼怒，顺手拿起柱子上的斧子柄打了他的嘴，结果大臣的两颗牙齿光荣下岗。大臣慢慢地拾起牙齿放在怀里，太祖骂道："你把牙齿放在怀里是想到哪里去告我吗？"大臣回答道："我不能控告陛下，不过我会告诉史官，史官自然会如实写下这件事。"宋太祖听了既恐惧又佩服，于是赐给他金银绵帛以示补偿。

让宋太祖恐惧的应该是史官的记录和后人的评价，宋太祖一生勤勉，与人为善，他可不想在身后留下异样的声音。让宋太祖佩服的是这个大臣一心为国、无所畏惧的士人精神，他感动于国家有这样的官员。这是他当皇帝的福气，也是老百姓的福气啊。史书记录下了这件事，却无损于宋太祖的个人形象，因为人非圣贤，孰能无过？过而能改，善莫大焉。实际上，一个普通人承认自己错了都不是一件容易的事情，更何况是手握生杀大权的皇帝呢？宋太祖知错能改是极难得的品质。

追随我心　无问西东

　　人生不如意事十有八九，唯有内心坚定的人才可以活出自己的风采。遇到不被理解或者需要逆流而上的情况时，庄子的一句话总在我脑海中盘旋："举世誉之而不加劝，举世而非之而不加沮。"成大事者一定具有坚忍不拔的意志，追随我心而无问西东，古往今来概莫能外。

　　"汉初三杰"之一的萧何，辅佐刘邦建立大汉帝国，被刘邦称赞："镇国家，抚百姓，给馈饷，不绝粮道，吾不如萧何。"后被朝廷定为"开国第一侯"。他善于发现人才，韩信这匹千里马屡遭蹉跎，心灰意冷而无奈归乡，"萧何月下追韩信"，成就了韩信，也成就了西汉的基业。他主张无为，与民休息，制定各项规章制度，为汉朝的国力强盛奠定了不可磨灭的基础，后继者曹参追随其足迹，沿用其法度，"萧规曹随"的典故留在了中国历史上。萧何也是历史上少有的功高震主又能够得享天年的王侯将相，权力的车轮碾压过的地方何处不是血肉模糊，萧何以其小心谨慎的智慧为后人趟出一条权力场中的生存之路。萧何这样的功绩、这样的人格光辉历经两千多年依然闪耀，可实际上萧何一开始只是一个不起眼的县吏，然而后来，萧何为何可以成为刘邦坚定的后方保障，将丞相做得如此成功呢？这一切皆源于萧何的与众不同。《史记》记载，刘邦为沛公时，萧何为丞督事，后来刘邦驻守咸阳，"诸将皆争走金帛财物之府分之，何独先入收秦丞相御史律令图书藏之"。在众人热衷于金银细软的追逐时，萧何独独认识到知识信息的重要意义，不盲从、不追风，实在难能可贵。再后来刘邦为汉王，以萧何为丞相，刘邦带兵打仗所需甚多，萧何总能纵观天下人情风俗、物产驿道，为刘邦适时补充人力物力。萧何之所以能够如此，是因他收集、整理、研习了秦丞相府中的律令图书。

"金帛财物"谁人不爱？萧何何以不为所动，唯有律令图书方得入其法眼？在"天下熙熙皆为利来，天下攘攘皆为利往"的动乱之中，萧何坚守自己的节操和志向，向着一代名相不断前行，身居乱世，心有远方。萧何方得成为萧丞相啊！

管宁，东汉末年至三国时期的著名隐士；华歆，东汉末至三国时期的曹魏名士和重臣，二人为我们所熟知应该是源于一个"割席断交"的故事。二人平生经历有诸多相同之处：一是同心游学，相知相惜。管宁与华歆"俱游学于异国"（《三国志》）而相交甚深，晚年华歆因病请求退休，向朝廷举荐管宁以代替，尽管管宁无意于仕途，但二人的互动却让我们感受到了嵇康与山涛绝交又托孤的味道。二是同重经典传承。《三国志》记载，有关部门提议朝廷举孝廉只注重品德就可以了，不需要测试儒家经典，华歆认为不妥："丧乱以来，六籍堕废，当务存立，以崇王道。"对经典的认同，从来就不是简单的记诵的问题，其最深处是民族的自信和归属。华歆在辅政之余倡导经典传承，管宁则将毕生精力投入《诗经》《书经》的讲解以及祭礼、威仪、礼让等教化的事业中。三是同样的洁身自爱。管宁躲避战乱于辽东，后辽东也祸起萧墙，管宁先知先觉，毅然离开辽东，离开辽东之后将之前辽东官员所送之物完璧归赵。管宁志在山林，本就视金石与瓦片无异，华歆愿居庙堂之高并有兼济天下之志，也不为金钱所动。《三国志》记载，华歆要离开江东，前往汉献帝所在的许昌上任，朋友故旧送之者千人，所赠金银数百。华歆都悄悄地写明物主并密封，临去，召集所有馈赠宾朋："本无拒诸君之心，而所受遂多。念单车远行，将以怀璧为罪，原宾客为之计。"谁人能够提供一条计谋，让一个携带很多财物出行的人安全抵达目的地呢？当然没有，所以朋友们只好收回自己的所赠之物。

再多的相同也遮不住二人的不同：一隐士，一朝臣；一在江湖之远，一居庙堂之高，其人生走向的不同早在少年求学阶段就已见端倪。《世说新语》记载，管宁与华歆"尝同席读书，有乘轩冕过门者，宁读如故，歆废书出看"。故此，管宁割席断交，华歆喜欢热闹，向往乘轩戴冕的生活，所以他选择入仕，追孙权，辅曹操，一生荣华；管宁则相反，任是谁人征辟，我自岿然不动。世人总爱比较孰优孰劣，其实，牡丹、菊花各美其美，心之所向，梦之所往，管宁、华歆有何优又有何劣？

东晋重臣、书法家郗鉴官至太尉，有一宝贝女儿郗璿待嫁闺中。一日，郗鉴把自己择婿的想法告诉了丞相王导。王导自然是欣喜万分，欣然应允："王家子弟随便您挑，无论选中谁我都同意。"到了约定的日期，郗鉴命管家来到王丞相府。王家子弟听说郗太尉招婿，又都知道郗小姐才貌双全，无不极力表现，期盼被选中。郗府管家左看右看，觉得王府青年个个英俊潇洒、风度翩翩，唯独东跨院的书房里，一袒腹仰卧的青年人陷于沉思之中，好像对选婿的事完全不放在心上，让人上火。郗府管家回府将所见所闻汇报给了郗太尉，结果让管家百思不得其解的是郗太尉为自己的宝贝女儿选择的夫婿竟然就是那位袒腹仰卧的青年人，这就是"东床快婿"的由来。郗鉴是当时有名的书法家，其女儿郗璿的书法也是了得，据说郗璿对王羲之的"书圣"之路及其儿子王献之的书法之路都是大有帮助的。

最高端的优秀从来不需要刻意，那是一种自然的流淌和天然的呈现。王羲之独于一群矫揉造作的"演员"中脱颖而出，皆因为他的一份率真和真实，这份率真和真实恰恰需要极大的勇气和魄力，正如爱国诗人屈原所说，"众人皆醉我独醒"，当众人都醉了的时候最省事的做法就是你也醉了，即使不醉也要装醉。达尔文认为，生物进化的历史也就是一部生物不断趋同的历程，趋同就是个性的泯灭，趋同就可以减少发展的阻力，而保持个性则要付出更多的艰辛和努力。

范仲淹，北宋杰出的思想家、政治家、文学家，其"先天下之忧而忧，后天下之乐而乐"的人生追求为后人称颂无人不知，无人不晓。范仲淹少时孤贫，幼年丧父，随母改嫁，稍长知晓身世，发奋苦读，世间很多人都只会"画饼充饥"，范仲淹却真的践行"断齑画粥"：范仲淹苦读于醴泉寺，每天用小米煮粥，隔夜凝固后，将之切为四块，早晚以腌菜佐食，各食两块。后来，范仲淹到应天书院读书，生活依然困顿，每日靠喝粥度日。他的一位同学实在看不过去，就送他好一些的饭食，结果等到馊了范仲淹都没有吃。该同学很不解，范仲淹说自己害怕吃惯了好的东西再也适应不了艰苦的生活了。其实，在范仲淹刻苦攻读，向着"不为良相，便为良医"目标迈进的过程中，早已将"恶衣恶食"的痛苦消弭了，内心被理想充盈，何尝会有物质的苦痛？

　　古史记载，信奉道教的宋真宗前往亳州的太清宫祭拜，路过应天府。皇帝出游，难得一见，老百姓自然要去围观，应天书院的书生们也未能免俗，大家欢呼雀跃，呼朋引伴，只有范仲淹岿然不动。有同学特意喊他一起去，范仲淹却说："不急，日后再见也不迟。"然后就继续读他的书了。公元1015年春，范仲淹考中进士，在殿试中近距离地见到了那个高高在上的宋真宗。当众人之行成为大势，逆流而行确实需要强大的内心支持，无此，便不足以成就流芳百世的范仲淹吧。

　　明代的王守仁创立阳明心学，对中国乃至对日本、朝鲜以及东南亚都有着深远的影响，阳明先生凭借自己深厚的心学素养运筹帷幄、四两拨千斤，平定江西匪乱，平定宁王叛乱，建立不世之功，被称为集"立德、立功、立言"于一身的千古圣人。而他的父亲王华也是一个具有强大内心的人。王华自幼酷爱读书，真正达到了废寝忘食的地步。王华7岁那年春节，当地举行盛大的迎春活动，大人孩子都兴奋异常，整个城镇都沸腾了，大家都欢欢喜喜地到街上游玩，但王华依然读书不辍，沉浸在书香中。王华的母亲看了，心疼地对王华说："孩子啊，你可以先出去放松一下，回来再读书也行啊。"王华恭敬地回答："母亲，孩儿以为去参与这种活动，不如看书有用。"这真是"别人家的孩子"，让多少老母亲羡慕啊！

又有一次，当地县令到王华所在的学堂视察，其他同学都放下书本，争先恐后地围上前去看热闹，只有王华依然坐在那里读书。先生看到这种情形就问他："大家都出去了，只有你一个人在这里，如果县太爷斥责你傲慢、不懂规矩，你怎么办啊？"王华答道："我是人，县令也是人，有啥可看的？何况我正在读圣贤书，恐怕县令也没有斥责我的理由吧！"先生深以为奇。

后来，王华考中了状元，实现了自己为国为民的抱负，更为中国历史培养了一代心学宗师——王阳明。王阳明所谓的"致良知"，在我的理解中就是"追随我心，无问西东"，心之所向、努力践行也就具备了"知行合一"的意思了。

心乃吾师，任尔风吹；为心筑梦，幸福相随。